16	3	2	13
5	10	11	8
9	6	7	12
4	15	14	1

A presente edição contou com o apoio do
Consulado Geral da República Tcheca em São Paulo.

Coleção LESTE

Karel Čapek

HISTÓRIAS APÓCRIFAS

Tradução
Aleksandar Jovanovic

editora■34

EDITORA 34

Editora 34 Ltda.
Rua Hungria, 592 Jardim Europa CEP 01455-000
São Paulo - SP Brasil Tel/Fax (11) 3811-6777 www.editora34.com.br

Copyright © Editora 34 Ltda., 1994
Tradução © Aleksandar Jovanovic, 1994

A FOTOCÓPIA DE QUALQUER FOLHA DESTE LIVRO É ILEGAL E CONFIGURA UMA
APROPRIAÇÃO INDEVIDA DOS DIREITOS INTELECTUAIS E PATRIMONIAIS DO AUTOR.

Edição conforme o Acordo Ortográfico da Língua Portuguesa.

A Editora 34 agradece a colaboração de Kateřina Březinová nesta edição.

Imagem da capa:
A partir de ilustração de Josef Čapek (1887-1945)

Capa, projeto gráfico e editoração eletrônica:
Bracher & Malta Produção Gráfica

Revisão técnica:
Nelson Ascher

Revisão:
Leny Cordeiro
Rubia Prates Goldoni

1ª Edição - 1994, 2ª Edição - 2009,
3ª Edição - 2013 (2ª Reimpressão - 2023)

CIP - Brasil. Catalogação-na-Fonte
(Sindicato Nacional dos Editores de Livros, RJ, Brasil)

Čapek, Karel, 1890-1938
C243h   Histórias apócrifas / Karel Čapek; tradução
de Aleksandar Jovanovic. — São Paulo: Editora 34,
2013 (3ª Edição).
176 p. (Coleção LESTE)

Tradução de: Kniha apokryfů

ISBN 978-85-85490-51-5

1. Ficção tcheca. I. Jovanovic, Aleksandar.
II. Título.

CDD - 891.86

HISTÓRIAS APÓCRIFAS

O castigo de Prometeu	9
Sobre a decadência dos tempos	15
Como nos bons e velhos tempos	21
Tersites	24
Ágaton, ou sobre a sabedoria	30
Alexandre o Grande	35
A morte de Arquimedes	41
As legiões romanas	45
Sobre os dez justos	50
Pseudo-Ló, ou sobre o patriotismo	56
Noite de Natal	62
Marta e Maria	66
Lázaro	73
Sobre os cinco pães	77
Ben-Khanan	81
A crucificação	86
A noite de Pilatos	89
O credo de Pilatos	93
O imperador Diocleciano	97
Átila	103
A iconoclastia	109
Irmão Francisco	118
Ofir	123
Goneril, filha de Lear	131
Hamlet, príncipe da Dinamarca	135
A confissão de Don Juan	145
Romeu e Julieta	152
O senhor Hynek Rab de Kufstejn	158
Napoleão	164
Sobre o autor	171
Sobre o tradutor	175

Traduzido do original tcheco *Kniha apokryfů*, publicado por Ceskoslovensky Spisovatel, Praga, 1955, a partir da edição de 1945 organizada por Miroslav Halík.

As citações bíblicas empregadas nesta tradução se baseiam no texto de *A Bíblia Sagrada*, traduzido para o português por João Ferreira de Almeida (1628-1691) e publicado pela Sociedade Bíblica do Brasil, edição revista e atualizada, 1993.

HISTÓRIAS APÓCRIFAS

O castigo de Prometeu

Pigarreando e grunhindo à socapa, depois de longas audiências, o Senado extraordinário decidiu deliberar à sombra das oliveiras sagradas.

— Bem, senhores — bocejou Hipometeu, presidente do Senado. — Com os demônios, como isso tudo se arrastou! Creio que nem seja necessário fazer um resumo do processo; contudo, para evitar objeções formais... O acusado, Prometeu, cidadão local, foi trazido a esta Corte sob a denúncia de ter inventado o fogo e coisas similares — arrãm, arrãm —, subvertendo assim a ordem constituída, tendo confessado o seguinte: primeiro, que, de fato, ele teria inventado o fogo; segundo, que ele seria capaz, a seu bel-prazer, de produzir o fogo com pederneiras; terceiro, que ele não guardou segredo dessa descoberta escandalosa; muito ao contrário, revelou-a a pessoas não autorizadas, em vez de comunicá-la às autoridades competentes, como, aliás, foi testemunhado pelas pessoas em questão, já interrogadas por nós. Creio que isto basta e que poderíamos, portanto, proceder à declaração de culpa e, em seguida, sentenciá-lo.

— Perdão, senhor presidente — objetou o assessor Apometeu —, mas creio que, em vista da importância deste tribunal extraordinário, seria mais adequado se pronunciássemos a sentença depois de deliberarmos, ou seja, após um debate mais amplo.

— Como desejarem, senhores — consentiu o conciliador Hipometeu. — O caso é perfeitamente claro, mas se algum dos presentes deseja fazer alguma observação, por favor, faça-o logo.

— Ousaria observar — disse Ameteu, membro do tribunal, tossindo bastante — que um aspecto merece ser enfatizado nisso tudo. Penso, senhores, no aspecto religioso da questão. Pergunto-lhes: o que é o fogo? O que é essa fagulha dardejante? Como o próprio Prometeu admite, ela nada mais é do que uma cintilação, e a cintilação, como todos nós sabemos, é a expressão do extraordinário poder de Zeus, o deus do trovão. Podem explicar-me, senhores, como pôde um mortal comum, alguém como Prometeu, ter acesso ao fogo divino? Com que direito ele o conseguiu? De onde o tirou? Prometeu procurou persuadir-nos de que ele, simplesmente, o inventou. Mas isso não passa de uma desculpa tola. Se fosse uma coisa tão simples e inocente, como ele alega, por que nenhum de nós a inventou? Estou convencido, senhores, de que Prometeu simplesmente roubou o fogo de nossos deuses. Suas negativas e tergiversações não nos enganam. Eu qualificaria seu crime, ou como simples roubo, ou como blasfêmia e sacrilégio. Estamos aqui para punir, com a máxima severidade, essa presunção ímpia a fim de proteger a sagrada propriedade de nossos deuses nacionais. É tudo o que desejava observar — concluiu Ameteu e assoou o nariz, de forma enérgica, na bainha de sua clâmide.

— Muito bem observado — concordou Hipometeu —, alguém mais deseja fazer uso da palavra?

— Peço desculpas — disse Apometeu —, mas não posso concordar com a argumentação do meu caro colega. Pude eu próprio verificar como o citado Prometeu obteve fogo da pederneira, e devo dizer-lhes com franqueza, senhores — muito aqui entre nós —, que isso nada tem de extraordinário. O fogo poderia ter sido descoberto por qualquer vagabundo, malfeitor ou pastor de cabras. Nós simplesmente não pensamos nisso porque cidadãos sérios não têm tempo nem inclinação para se dedicar a infantilidades como bater pedras para fazer faíscas. Posso assegurar ao prezado colega Ameteu que, de fato, trata-se de forças naturais totalmente ordinárias, indignas da atenção de qualquer mortal pensante, que dirá de nossos deuses. Na minha modesta opinião, o fogo é algo por demais insignificante para ter qualquer relação com as coisas para nós sagradas. A questão, no entanto, possui um outro aspecto, para o qual devo chamar a atenção de meus nobres colegas. Parece-me que o fogo é bem perigoso; diria até que se trata de um elemento nocivo. Ouvimos várias testemunhas reconhecerem que, ao usar a invenção infantil de Prometeu, sofreram graves queimaduras e, em alguns casos, até prejuízos materiais consideráveis. Senhores: se o crime cometido por Prometeu permitir que o manuseio do fogo se torne coisa corriqueira — algo que, lamentavelmente, a esta altura não há como impedir —, nenhum de nós poderá garantir sua própria segurança, nem tampouco a de seus bens, e isto, senhores, pode representar o fim de todo e qualquer resquício de civilização. Bastará um mínimo descuido, um mínimo deslize, e como poderemos deter esse elemento indomável? Prometeu, senhores, incorreu em criminosa irresponsabilidade ao trazer ao mundo algo tão nocivo e perigoso. Quero aqui qualificar seu delito como crime contra a segurança pública, que além disso provoca graves lesões corporais. Proponho portanto a pena de prisão perpétua, a ser cumprida agrilhoado a um leito duro. Tenho dito, senhor presidente.

— Sua excelência tem toda a razão — manifestou-se Hipometeu. — Mas gostaria ainda de indagar-lhes, senhores: para que precisamos desse fogo? Por acaso nossos gloriosos antepassados o utilizaram? Inventar uma coisa dessas nada mais é do que subverter a ordem estabelecida, herdada... arrãm, é pura e simples atividade revolucionária. Brincar com fogo, onde é que já se viu? Considerem, senhores, aonde isso tudo pode nos levar: com o fogo, as pessoas poderão entregar-se à lassidão, poderão espojar-se no conforto e no calor em vez de, bem, sei lá, em vez de lutar ou fazer outras coisas do gênero. E isto só pode levar à efeminação, à degeneração moral e... arrãm, à desordem geral, e assim por diante. Numa palavra: algo deve ser feito contra iniciativas tão perniciosas. Os tempos são muito perigosos. É tudo o que desejava observar.

— Muito bem — declarou Antimeteu. — Sem dúvida, todos concordamos com nosso excelentíssimo senhor presidente quando diz que o fogo de Prometeu tem consequências imprevisíveis. Não nos enganemos, senhores: a coisa é mesmo séria. A quem controlar o fogo, quantas novas possibilidades se abrirão! Gostaria de citar algumas, assim, ao acaso: poderá queimar a colheita do inimigo, incendiar seus olivais, e assim por diante. Com o fogo, meus senhores, nosso povo recebeu uma nova força e uma nova arma; o fogo quase iguala os homens aos deuses — de repente, Antimeteu explodiu em gritos ferozes: — Acuso Prometeu de ter confiado esse elemento divino e irresistível, o fogo, a pastores e escravos, ao primeiro que apareceu; acuso-o de não tê-lo depositado em mãos autorizadas que, assim, poderiam salvaguardá-lo como um tesouro do Estado e administrá-lo como se deve. Acuso Prometeu de ter, portanto, prevaricado ao segredo da descoberta do fogo, que deveria permanecer sob a exclusiva custódia das autoridades competentes. Acuso Prometeu — gritou Antimeteu, tomado pela emoção — de ter ensinado estrangeiros a fabricar o fogo com pederneiras! De não tê-lo sequer ocultado dos nossos inimigos! Prometeu roubou-nos o fogo, presenteando-o a qualquer um! Acuso Prometeu de alta traição! Acuso-o de conspiração contra a comunidade! — Sua voz aumentou até tornar-se um grito quebrado pela tosse. — Proponho a sentença de morte — esforçou-se para controlar-se.

— Bem, senhores — pronunciou-se Hipometeu —, alguém mais deseja fazer uso da palavra? Ninguém mais? Assim, segundo o veredicto desta Corte, o réu, Prometeu, é culpado dos seguintes crimes: blasfêmia, sacrilégio, causar gra-

ves lesões corporais, causar danos à propriedade alheia, ameaçar a segurança pública, o que equivale a alta traição. Os senhores propõem a pena de prisão perpétua a ser cumprida sobre um leito duro e preso com grilhões ou a pena de morte. Arrãm.
— Ou ambas as penas! — bradou Ameteu, pensando em voz alta. — Ambas as propostas devem ser aceitas!
— Como assim, ambas as propostas? — indagou o presidente.
— Estava justamente pensando nisso — murmurou Ameteu. — Talvez possamos resolver a questão da seguinte maneira... Se condenarmos Prometeu à pena de prisão perpétua, acorrentado a uma rocha... quem sabe, assim, os abutres possam arrancar-lhe o fígado ímpio a bicadas... Alcançam o que quero dizer, colegas?
— Talvez isso seja possível — declarou Hipometeu, satisfeito. — Senhores, assim poderíamos punir, de forma exemplar, tamanha... arrãm, excentricidade criminosa, não é? Alguém mais deseja fazer alguma observação? Bem, sendo assim, dou a sessão por encerrada.

* * *

— Papai, por que vocês condenaram aquele Prometeu à morte? — Indagou Epimeteu, o filho de Hipometeu, durante o jantar.
— Você seria incapaz de compreender — resmungou Hipometeu, enquanto mastigava uma perna de carneiro. — Palavra de honra, esta perna de carneiro assada tem um gosto muito melhor do que a carne crua. Vejam só: até que esse tal fogo serve para alguma coisa, hein? Tivemos que condená-lo em defesa do interesse público, entende? Aonde iríamos parar se qualquer um pudesse sair por aí, impunemente, com invenções novas e retumbantes? Percebe o que quero dizer? Hmm, ainda está faltando alguma coisa nesta carne. Ah, sim! Descobri! — exclamou extasiado. — O carneiro assado pre-

cisa ser salgado e esfregado com alho! Essa é a maneira correta de prepará-lo! Aí está uma descoberta de verdade! Veja você que um sujeito como Prometeu jamais teria pensado nisso!

(1932)

Sobre a decadência dos tempos

Reinava o silêncio diante da caverna. Sacudindo suas lanças, os homens haviam saído muito cedo, rumo a Blansko ou Rájec,[1] onde encontraram os rastros de uma manada de renas. Enquanto isso, as mulheres colhiam bagos de mirtilo, e seus gritos e seu vozerio podiam ser ouvidos apenas de vez em quando. As crianças pareciam chapinhar embaixo, no riacho — mas, afinal, quem é que se preocupa com esse bando feroz e levado de moleques? Janecek, o velho homem das cavernas, dormitava naquele silêncio abençoado, sob o brando sol de outubro; para sermos mais exatos, devemos dizer que ele roncava e soprava o ar pelo nariz, mas fazia de conta que não dormia, como se vigiasse a caverna da tribo, reinando sobre ela como convém a um velho chefe.

A velha senhora Janecková esticou uma pele fresca de urso e começou a raspá-la com um sílex afiado. Era um trabalho meticuloso, que devia ser feito de polegada em polegada, e não como as mulheres jovens o fazem — pensava consigo a velha mulher de Janecek —, pois essas estabanadas apenas esfregam de qualquer jeito e logo correm a afagar e mimar os filhos. Uma pele daquelas — concluía a velha mulher de Janecek —, não pode durar muito, logo racha ou desmancha. Mas eu é que não vou me meter nas tarefas dela — continuava a velha a tecer seus pensamentos —, se o meu fi-

[1] Aldeias da Morávia junto ao rio Svitavá, cujas cavernas são importantes sítios arqueológicos da Idade da Pedra. (N. da E.)

lho não diz nada... Na verdade, minha nora não sabe fazer economia. E olhem só para esta pele, furada bem no meio das costas! Mas, minha gente, quem será o desastrado que matou este bicho? Na verdade, arruinou a pele inteira! Meu marido nunca faria uma coisa dessas — amargurou-se a velhota —; ele sempre espetava na garganta...

— Ahhh — gemeu o velho Janecek, esfregando os olhos.

— Eles ainda não voltaram?

— Claro que não! — resmungou a velhota. — Você que espere!

— Bahh! — bufou o velho, piscando sonolento. — Como poderiam ter voltado? É claro. E as mulheres, onde estão?

— Eu lá estou para pajear esse bando? — rugiu a velhota. — Você sabe muito bem que devem estar fofocando em algum lugar...

— Ah, sim, sim! — bocejou o vovô Janecek. — Estão fofocando em algum lugar. Em vez de, em vez de, digamos, fazer isso ou aquilo... é assim mesmo...

Silêncio. Apenas a velha mulher de Janecek esfregava o couro cru com esforço irado.

— Escute — pronunciou-se o velho Janecek, coçando as costas com sofreguidão —, escute o que eu lhe digo: eles de novo vão voltar de mãos abanando. Também, pudera, com aquelas lanças de osso imprestáveis... Eu vivo dizendo ao meu filho, olhe, osso algum pode ser tão duro e forte para servir de lança. Mesmo não passando de uma reles mulher, você também deve saber que nenhum osso ou chifre possui aquela... aquela força perfuratriz, entende? Se você bate com um osso em outro osso, não o perfura, concorda? Isso é evidente. Agora uma lança de pedra, isso sim! Claro que dá mais trabalho, sem dúvida, mas aquilo sim é que é uma ferramenta! Mas por acaso meu filho me dá ouvidos?

— É isso — observou entristecida a velha senhora Janecková. — Hoje em dia a gente não consegue dar ordens em ninguém.

— Eu nem quero dar ordens a quem quer que seja — aborreceu-se o vovô. — Mas é que nem conselhos eles querem aceitar! Ontem mesmo achei ali, embaixo daquela rocha, um lindo seixo achatado. Era só lascá-lo um pouco para que ficasse mais pontiagudo, e já daria uma bela ponta de lança! Aí eu trago o seixo para casa e o mostro para o meu filho: "Veja, isto é que é um seixo!". "É mesmo, papai, mas e daí?" "Daria uma boa ponta de lança", digo-lhe eu. "Ora, papai, largue esse troço, quem é que vai ficar perdendo tempo com isso? Já tem montes dessas pedras aí dentro da caverna, e ninguém consegue achar uma serventia para elas; nem para cabo de alguma coisa servem, por mais que a gente amarre. Para que guardar mais essa, então?" Uns preguiçosos — gritou o velhote, aborrecido. — O problema é que hoje em dia ninguém mais quer trabalhar decentemente um seixo. Viraram todos uns folgados! Todo mundo sabe que uma ponta de osso qualquer um prepara num zás-trás, mas também que ela quebra à toa. "E daí?", diz o meu filho, "a gente faz outra, e pronto!" É, sim, mas aonde é que vamos parar desse jeito? A três por dois, uma lança nova! Onde é que já se viu, me diga? Com os diabos, uma ponta de lança feita de sílex dura anos! Eu só digo o seguinte: um dia alguém ainda vai se lembrar das minhas palavras, ah, se vai! E aí vão desencavar as nossas boas e velhas ferramentas de pedra, vão sim! É por isso que eu guardo tudo o que me cai nas mãos: pontas de lanças antigas, clavas e facas de sílex. Para eles, tudo isso não passa de tranqueira!

O velhote estava literalmente sufocando de amargura e revolta.

— Veja você — pronunciou-se a velha senhora Janecková, para mudar de assunto —, com as peles é a mesma coisa. "Mamãe", me diz a nora, "por que a senhora esfrega o couro tanto assim? Não vale a pena esse trabalho todo! Por que a senhora não tenta trabalhar a pele com cinzas, pelo menos o couro não fica fedendo!" Agora vai me dar lições de

Histórias apócrifas 17

como fazer meu trabalho?! — irritou-se a velhota com a nora ausente. — O que eu sei, eu sei! Desde que me conheço por gente, curtimos o couro esfregando, e sempre deram umas ótimas peles! Mas claro, se a pessoa tem aversão ao trabalho... Eles são assim mesmo: inventam de tudo para não trabalhar. É por isso que sempre aparecem com alguma novidade, uma coisa diferente... Curtir peles com cinzas, essa é boa! Onde é que já se viu?

— É, eles são assim mesmo — bocejou Janecek. — Para eles, nada do que nós fazíamos serve mais. Dizem que as armas de pedra são desconfortáveis para as mãos. E é verdade que nós nunca nos preocupamos com o conforto... Hoje em dia, claro... vai fazer bolhas nas mãozinhas delicadas, vai? Faça-me o favor! Me diga, onde é que vamos parar? Veja as crianças de hoje! "Deixe-as, vovô", lamenta-se minha nora. "Deixe elas brincarem." Sim, mas o que vai ser delas mais tarde?

— Se pelo menos não fizessem tanta algazarra! — queixou-se a velhota. — São muito malcriadas, essa é que é a verdade!

— Pois é, coisas da educação de hoje — disse o velho Janecek. — Se eu chamo a atenção do meu filho, ele ainda me responde: "Pai, o senhor não entende dessas coisas; hoje os tempos são outros, os costumes são outros". Ele me diz que as armas de osso já nem são a última palavra; "Um dia", repete-me ele, "os homens deverão inventar materiais até melhores". Então, você sabe, aí é que a gente não entende mais nada: por acaso alguém já viu um outro material além de pedra, madeira e osso? Você há de convir, mesmo em sua condição de mulher ignorante, que... que isso já passa dos limites!

A senhora Janecková deixou cair os braços.

— Escute, de onde você acha que eles tiram essas bobagens todas?

— Bem, você sabe, parece que é a moda — resmungou o velho. — Olhe, perto daqui, a quatro dias de caminhada, acabou de se estabelecer uma nova tribo, um bando estranho, e dizem que eles fazem a mesma coisa... Então, veja, é lá que os nossos também arranjam suas bobagens todas. Inclusive esses objetos de osso. Até... até compram coisas deles — gritou indignado. — Em troca de nossas preciosas peles! Como se os estrangeiros tivessem alguma coisa que presta! A gente nunca deve se misturar com estrangeiros. É uma sabedoria ancestral, que herdamos dos antigos: todos os estrangeiros devem ser atacados e degolados! É assim desde que o mundo é mundo: nada de conversa mole, matá-los, e pronto! "Mas, papai", diz meu filho, "hoje as relações são outras, já até se iniciou a troca de mercadorias...". Ora essa, troca de mercadorias! Se eu abato o sujeito que encontro pela frente e tomo seus bens, fico com as mercadorias dele sem dar nada em troca. Que troca de mercadorias, coisa nenhuma! "Que é isso, pai", diz meu filho, "pagar com vidas humanas é lamentável!". Veja você: lamentar uma vida humana! São as ideias modernas — murmurou o velhote, desalentado. — Me diga como é que tanta gente vai viver neste mundo, se não matarmos ninguém? Mesmo assim, as renas já começam a escassear! Eles lamentam as vidas humanas, mas não dão valor às tradições, aos ancestrais, aos pais... Estão se arruinando a passos largos! — sentenciou o velho Janecek, irado. — E outro dia, o que foi que eu vi? Um desses pirralhos rabiscando com argila a figura de um bisão nas paredes da caverna! Claro que lhe dei uma bela bofetada, mas meu filho me chamou a atenção: "Deixe, pai, o bisão até parece que está vivo!...". Eu não entendo mais nada! Onde é que já se viu alguém perder tempo com essas bobagens? Se você não tem mais o que fazer, meu filho, tome, pegue um sílex e trate de lascá-lo; mas não fique aí pintando bisões na rocha! Para que servem essas coisas estúpidas?

A senhora Janecková cerrou os lábios, com amargura.

— Se fossem só bisões! — soltou em seguida.

— Como assim? — perguntou o vovô.

— Nada, nada, deixe para lá — desconversou a senhora Janecková. — Ah, é bom você também ficar sabendo — decidiu-se, de repente. — Hoje de manhã, dentro da caverna... encontrei uma presa de mamute... Tinha sido esculpida em forma de mulher nua. Com seios, e coisa, tudo... Não sei se me entende...

— Ora, mas o que é isso? — horrorizou-se o velho. — E quem foi que esculpiu?

A senhora Janecková sacudiu os ombros, revoltada.

— Vai saber! Parece que foi um dos moços. Joguei aquela porcaria no fogo, mas você sabe... Tinha uns peitões, assim! Que nojo!

— Isso não pode continuar assim! — explodiu o velho Janecek. — Já chega às raias da depravação! E você sabe onde está a origem disso tudo? Sem dúvida, nessa história de entalhar as coisas em osso! Nós jamais teríamos a ideia de esculpir essa pouca-vergonha, porque em sílex nem é possível esculpir... É nisso que dão essas novidades todas, as famosas invenções!... Eles vão ficar aí inventando novidade atrás de novidade, até arruinar e destruir tudo! Pois eu lhe digo uma coisa — ergueu a voz Janecek, o homem das cavernas, num arroubo profético —, isso não pode durar muito!

(1931)

Como nos bons e velhos tempos

Estava em sua casa Eupator, cidadão tebano e canastreiro, tecendo cestos no quintal, quando seu vizinho Filágoros foi chegando aos gritos:
— Eupator, Eupator! Larga os cestos e ouve! Coisas terríveis estão acontecendo!
— O que foi que pegou fogo? — perguntou Eupator, que já se levantava de sua cadeira.
— É pior do que o fogo! — explicava Filágoros. — Sabes o que foi que aconteceu? Querem acusar nosso generalíssimo, Nicômaco! Uns dizem que ele se juntou aos tessálios; outros, que se juntou ao Partido dos Descontentes. Vem depressa, o povo todo está na ágora!
— Mas o que é que vou fazer lá? — indagou Eupator, desconcertado.
— Trata-se de uma coisa importantíssima — Filágoros se esforçava em explicar. — Os oradores estão se revezando; uns dizem que ele é culpado; outros, que é inocente. Vem ouvi-los!
— Espera um pouco! — disse Eupator. — Espera eu terminar este cesto. Mas, diz-me, de que mesmo esse Nicômaco é culpado?
— É justamente isso o que não se sabe — dizia o vizinho. — Afirma-se isso e aquilo, mas todos os que deveriam se pronunciar sobre o assunto permanecem calados, porque, dizem, as investigações ainda não se encerraram. Mas deverias ver o que está acontecendo lá, na ágora. Uns estão gritando que Nicômaco é inocente...

— Espera um pouco. Como podem dizer que é inocente, se nem sequer sabem do que ele está sendo acusado?
— Olha, essa é outra questão. Todos ouviram alguma coisa e só repetem o que escutaram. Afinal de contas, todo cidadão tem o direito de manifestar-se a respeito daquilo que ouviu, não é mesmo? Eu até acredito que Nicômaco tenha tentado trair-nos com os sálios. Foi isso mesmo que um sujeito disse, e afirmou que um conhecido dele chegou a ver uma carta. Mas outro garantia que se trata de uma conspiração contra Nicômaco, e acho que ele teria certas revelações a fazer... O Conselho Comunal também tem parte na história... Ouviste, Eupator? Agora, a questão é a seguinte...
— Espera um pouco — interrompeu o cesteiro. — Agora, a questão é a seguinte: afinal, as leis que nós votamos para nós mesmos são boas ou más? Por acaso alguém falou a respeito disso lá na ágora?
— Não, mas não é isso que está em discussão; a discussão é a respeito de Nicômaco.
— E será que alguém disse, lá na ágora, que os funcionários que estão investigando o caso de Nicômaco são maus e injustos?
— Não, ninguém disse nada parecido.
— Então, falaram do quê?
— Mas eu já te disse: se Nicômaco é inocente ou culpado!
— Escuta, Filágoros, se tua mulher brigasse com o açougueiro porque faltasse uma libra na carne que ele lhe vendeu, o que farias?
— Ajudaria minha mulher.
— Nada disso! Antes de mais nada, deverias ver se o açougueiro respeita a aferição dos pesos.
— Ora, isso eu sei, sem que tu me digas!
— Estás vendo só?! Depois verificaria a balança, para ver se está em ordem ou não.
— Isso tu nem precisas dizer-me, Eupator.

— Tanto melhor. Então, se os pesos e a balança estivessem em ordem, e tu verificasses o peso da carne, saberias quem tinha razão, o açougueiro ou tua mulher. Estranho, Filágoros, que os homens tenham mais juízo quando o que está em jogo é seu pedaço de carne do que nas horas em que se discute o bem comum. Nicômaco é inocente ou culpado? A balança pode indicá-lo, desde que esteja em ordem. Se, no entanto, desejamos pesar as coisas de maneira correta, não podemos soprar sobre os pratos da balança, para que pendam para este ou aquele lado. E por que afirmais que os funcionários responsáveis pela investigação do caso de Nicômaco são uns velhacos, ou coisa que o valha?

— Mas ninguém disse isso, Eupator!

— Pensei que não confiásseis neles. Então, se não tendes motivo para desconfiar, por que diabos soprais sobre os pratos da balança? Ou porque não quereis que a verdade venha à luz, ou porque estais buscando um motivo para dividir-vos em dois partidos e, assim, entrar em confronto. Que um raio vos fulmine, Filágoros; porque eu não sei se Nicômaco é culpado, mas sei que vós todos sois terrivelmente culpados por ofender, assim de pronto, a lei e a verdade. Estranho como este ano os talos de vime estão ruins: dobram-se como cordel, mas não têm a mínima resistência. Precisaríamos de um tempo mais quente, Filágoros. Mas isso já está nas mãos dos deuses, e não nas nossas mãos humanas.

(1926)

Tersites

Já era noite, e os acaios se sentaram mais perto da fogueira.
— O carneiro está de novo ruim — declarou Tersites, palitando os dentes. — Muito me admira, acaios, que suporteis isso tudo. Aposto meu pescoço como eles, no mínimo, jantam cordeiros tenros; claro que para nós, velhos soldados, até um bode fedorento serve. Ah, quando eu me lembro do carneiro lá da Grécia...
— Deixa disso, Tersites — resmungou o bom Eupator.
— Guerra é guerra.
— Guerra! — observou Tersites. — Ora, por favor, que é que tu chamas de guerra? Isto aqui? Mais de dez anos matando o tempo? Pois eu vos digo, rapazes, o que é isso: não se trata de guerra alguma. Apenas os comandantes e os nobres é que organizaram uma excursão para eles à custa do governo. E nós, velhos soldados, estamos aqui só para ver, boquiabertos, um moleque, um queridinho da mamãe, desfilar para cima e para baixo no acampamento para se exibir com seu escudo. É isso mesmo, meus caros.
— Estás pensando em Aquiles de Peleu? — indagou o jovem Laomedon.
— Penso em quem eu quiser — declarou Tersites. — Quem tem olhos para ver, sabe a quem me refiro. Senhores: quem quiser que caia na conversa deles, mas, se de fato estivéssemos aqui para ocupar aquela Troia estúpida, já estaríamos lá faz tempo. Bastaria que déssemos um espirro, e Troia estaria em pedaços. Por que não nos mandam iniciar um ata-

que contra o portão principal? Vós sabeis, um daqueles ataques verdadeiros, com gritos, ameaças e ao som de canções de guerra. É porque, assim, a guerra logo acabaria.
— Hmmm — murmurou o prudente Eupator. — Troia não cairá com gritarias.
— Agora acertaste na mosca! — riu-se Tersites. — Qualquer criança sabe que os troianos são uns covardes, miseráveis, canalhas e patifes. Uma vez apenas deveríamos mostrar-lhes quem somos nós, os gregos! Aí ficaríeis admirados em ver como rastejariam mendigando misericórdia! Bastaria que, vez por outra, atacássemos as mulheres troianas, à noite, quando elas vão buscar água...
— Atacar mulheres? — sacudiu os ombros Hipodamos.
— Mas, Tersites, isso não se faz!
— Guerra é guerra! — berrou Tersites, valente. — Mas que belo patriota és tu, Hipodamos! Acreditas mesmo que venceremos a guerra se sua senhoria, Aquiles, a cada quatro anos organizar um torneio com aquele palerma do Heitor? Ora, homem, aqueles dois combinam tudo de antemão de tal modo que seja uma alegria vê-los; a disputa deles, na verdade, é um número ensaiado, só para estes cabeças de bagre aqui acreditarem que os dois se batem pelos seus! Aqui, Troia, aqui Hélade: vinde deslumbrar-vos com vossos dois grandes heróis! Nós aqui somos menos que nada; nossos sofrimentos pouco importam, nem um cão sarnento se coça por nós. Eu vos digo uma coisa, acaios: Aquiles posa de herói só para tirar proveito de tudo e roubar-nos todos os méritos; o que ele quer mesmo é que todos falem dele, só dele, como se tivesse feito tudo sozinho e os demais tivessem ficado lá, papando moscas. É isso mesmo, rapazes. É por isso que a guerra vem se arrastando há anos, para que o senhor Aquiles possa empinar o nariz, cada vez mais. Muito me admira que não o enxergueis!
— Ora, por favor, Tersites — manifestou-se o jovem Laomedon. — Afinal, que mal o Aquiles te fez?

— A mim? Menos que nada! — disse Tersites, irritado. — Estou me lixando! Para teu governo, eu nem sequer falo com ele, mas todo mundo está por aqui com sua pose de importante. Vê, por exemplo, a cara de enterro de todos aqui na tenda. Vivemos tempos históricos, a honra da Grécia está em jogo, o mundo todo nos contempla... e o grande herói, o que ele está fazendo? Fica enrolando dentro de sua tenda e diz que não vai lutar mais. Será que somos nós que devemos viver por ele o momento histórico e salvar a honra da Grécia? É sempre assim: quando percebe que as coisas vão mal, Aquiles se enfia na tenda fingindo-se de ofendido. Que comédia! São esses os tais heróis nacionais! Um bando de medrosos!

— Não sei, não, Tersites — interveio Eupator, judicioso. — Dizem que Aquiles se ofendeu terrivelmente, porque Agamêmnon devolveu aos pais aquela escrava, como é mesmo o nome dela? Briseis, Kriseis, uma coisa assim... Ele tomou isso como uma afronta, mas parece que estava mesmo apaixonado pela moça... Olha, rapaz, que isso não é nenhuma comédia.

— Para mim vens dizer isso? — perguntou Tersites. — Sei muito bem como tudo aconteceu! Agamêmnon simplesmente tomou-lhe a escrava, entendes? Mas para ele isso não é problema, porque se apossou de tantas joias que nem sabe o que fazer com elas, e não pode ver um rabo de saia, que... Mas chega de mulheres! Afinal, foi por causa daquela tal Helena que a coisa toda começou, e agora essa outra... Não ouvistes? Parece que a Helena agora está arrastando a asa para o Heitor. Essa aí já foi possuída por todo mundo em Troia, até pelo Príamo, que está com um pé na cova. E nós, agora, vamos passar necessidade e lutar por causa de uma fulaninha dessas? Muito obrigado, mas para mim chega!

— Dizem — observou Laomedon, meio envergonhado — que Helena é muito bonita.

— Dizem, dizem — respondeu Tersites, com desprezo. — Mas já está meio passada, e além disso é uma rameira de marca. Eu não daria por ela nem um prato de feijão. Sabeis, rapazes, que é que eu desejo para o tonto do Menelau? Que ganhemos esta guerra de uma vez para ele receber a mulher de volta. A beleza de Helena não passa de lenda, impostura e um pouco de pó de arroz.

— Então nós, gregos, estamos lutando por uma simples lenda? É isso, Tersites?! — perguntou Hipodamos.

— Meu caro Hipodamos — respondeu Tersites —, percebo que não enxergas a essência das coisas. Nós, gregos, lutamos, primeiro, para que a raposa velha do Agamêmnon possa encher as burras com nosso butim; segundo, para que o janotinha do Aquiles possa saciar sua imensa sede de glória; terceiro, para que o vigarista do Odisseu possa nos escorchar fornecendo o armamento; por fim, lutamos para que um bardo vulgar e corrupto, o tal de Homero, ou lá como se chame, possa glorificar, por uns trocados sujos, os maiores traidores da nação grega e, ao mesmo tempo, vilipendiar ou ignorar os verdadeiros, modestos e abnegados heróis da Acaia, heróis como vós. É isso, Hipodamos.

— "Os maiores traidores" — observou Eupator — é uma expressão muito forte, Tersites.

— Pois ficai sabendo — respondeu Tersites baixando a voz — que eu tenho provas da traição deles. Senhores, é uma coisa terrível; não posso contar tudo o que sei, mas prestai muita atenção: nós fomos vendidos. Podeis vê-lo com os próprios olhos: quem, em sã consciência, poderia imaginar que nós, gregos, o povo mais heroico e mais culto da face da terra, não conseguiríamos conquistar esse monte de lixo, essa Troia, e dar uma lição nesses mendigos e vagabundos da Ília, se não fôssemos traídos, ano após ano? Ou será que tu, Eupator, pensas que nós, acaios, somos de fato uns cães covardes que não poderiam ter acabado há muito tempo com essa Troia asquerosa? Acaso os troianos são melhores soldados que nós? Escuta, Eupator, se pensas assim, não podes ser um verdadeiro grego; talvez sejas trácio ou epirota... Todo grego antigo que se preze deve sentir as entranhas revirarem por viver misturado a essa corja de canalhas.

— A verdade é que esta guerra vem se arrastando miseravelmente — observou Hipodamos, pensativo.

— Vês? — retrucou Tersites. — E eu vos digo por quê: porque os troianos têm aliados e comparsas infiltrados entre nós. Talvez saibais em quem estou pensando...

— Em quem estás pensando? — indagou Eupator, com gravidade. — Se começaste, deves terminar, Tersites.

— Não me agrada nem um pouco ter que dizê-lo — defendeu-se Tersites. — Vós, gregos, me conheceis bem e sabeis que não sou de intrigas. Mas, se credes que é para o bem geral, revelarei toda essa coisa horrível. Dias atrás, conversando com alguns gregos valentes e corretos, eu, como bom patriota, falei sobre a guerra, sobre o inimigo e, como ditou a minha natural correção grega, afirmei que os troianos, nossos maiores e mais ferrenhos inimigos, não passam de um bando de ladrões, medrosos, vagabundos, insignificantes e ratos, cujo rei, Príamo, é um velho senil, e Heitor, um maricas. Deveis reconhecer, gregos, que todo grego que se preze só pode pensar assim. E então, inesperadamente, eis que Agamêmnon aparece saído das sombras — nem tem mais vergonha em ficar espionando! —, posta-se à nossa frente e declara: "Modera tua língua, Tersites. Os troianos são bons soldados; Príamo é um velho justo, e Heitor, um verdadeiro herói!". Tendo dito isso, virou-nos as costas e desapareceu, antes que eu pudesse dar-lhe uma resposta à altura. Senhores, fiquei lá como se tivesse sido atingido por um raio. "Olha só", disse a mim mesmo, "a coisa toda está aí!". Agora já sabemos quem é que fica espalhando em nosso acampamento a propaganda do inimigo, a desmoralização e o desânimo! Então, como podemos ganhar a guerra se aqueles troianos imprestáveis têm entre nós sua gente, seus sequazes, e nos postos mais altos? E vós, gregos, credes que esses traidores fazem esse trabalho vil a troco de nada? Não, rapazes, não; de graça, ele não elevaria os nossos inimigos ao céu; deve ter recebido muito dinheiro dos troianos para fazer isso. Pensai bem, rapazes: a guerra vai se arrastando indefinidamente; Aquiles foi ofendido de propósito; em nossas fileiras, ouvem-se apenas queixas, insatisfação; a cada passo, cresce a insubordinação; o acampamento virou um bordel, um covil de ladrões. Olhai em volta, e só vereis traidores, vendidos, estrangeiros e tratantes. E quando alguém desmascara suas tramoias, logo o tacham de subversivo ou revolucionário. É isso que recebemos, como patriotas abnegados, em paga do empenho de lutar pela honra e a glória da nação! Foi isso que ganhamos, nós, os gregos da Antiguidade! É de admirar que ainda não tenhamos afundado nesse lamaçal! Uma vez, contudo, haverão de falar a respeito de nossa época como de um tempo da mais profunda desgraça nacional, sujeição, infâmia, pequenez e traição, desordem e servidão, covardia, corrupção e depravação...

— Sempre houve dessas coisas, e sempre haverá — bocejou Eupator. — Eu vou dormir. Senhores, boa noite!

— Boa noite! — respondeu Tersites cordialmente, espreguiçando-se com gosto. — Mas que conversa agradável tivemos esta noite, não é mesmo?

(1931)

Ágaton, ou sobre a sabedoria

Os membros da Academia da Beócia convidaram o filósofo ateniense Ágaton para dar-lhes uma conferência sobre Filosofia. Embora Ágaton não fosse um orador eminente, aceitou o convite a fim de contribuir, na medida de suas possibilidades, para a difusão da Filosofia, que, segundo os historiadores, "estava em declínio". Chegou à Beócia no dia marcado, mas ainda muito cedo; Ágaton, portanto, começou a passear pela cidade, ao lusco-fusco da alvorada, apreciando o voo das andorinhas sobre os telhados.

Quando já eram oito horas, dirigiu-se à sala de conferências que ainda estava bastante vazia; havia apenas cinco ou seis pessoas na plateia. Ágaton sentou-se à cátedra e decidiu aguardar um pouco, até que um número maior de ouvintes se juntasse; abriu o rolo de anotações que pretendia expor e pôs-se a ler.

Aquele rolo de anotações continha todas as questões fundamentais da Filosofia: começava com a Teoria do Conhecimento, definia a Verdade, refutava com uma crítica avassaladora as visões equivocadas, isto é, toda a Filosofia do mundo, exceto a de Ágaton, e oferecia um esboço das ideias mais elevadas. Quando Ágaton chegou a este ponto da leitura, levantou os olhos e percebeu que havia apenas nove ouvintes; a raiva e a tristeza tomaram conta dele, e então, batendo com o rolo sobre a mesa, começou a pronunciar-se da seguinte maneira:

"Senhoras e senhores, ou, melhor dizendo, *andres Boitikoi*,[2] não me parece que sua cidade tenha muito interesse nas altas questões que constam em nosso programa. Sei, homens da Beócia, que no momento todos aqui estão ocupados com as eleições locais e, nessas horas, não há lugar para a sabedoria nem para a razão; as eleições representam uma boa oportunidade para os astutos."

Aqui Ágaton fez uma pequena pausa e ficou pensativo.

"Esperem — recomeçou. — Acabo de deixar escapar de meus lábios algo a respeito do qual nunca havia refletido. Disse três palavras: astúcia — razão — sabedoria. Foi a raiva que me levou a dizê-las. As três palavras denominam cada qual uma determinada habilidade intelectual; percebo que têm significados completamente diferentes, mas tenho dificuldade de precisar essa diferença. Desculpem-me, já voltarei ao programa; antes, porém, preciso definir melhor estas três palavras.

"Pelo menos está claro — prosseguiu, após uma pausa — que o contrário da astúcia é a estupidez, ao passo que o contrário da razão é a loucura. Mas o que vem a ser o contrário da sabedoria? Existem pensamentos, senhores, que não são, nem astutos, porquanto são demasiado simples, nem razoáveis, porquanto parecem loucos, e que, no entanto, são sábios. A sabedoria não se parece nem com a astúcia, nem com a razão.

"Homens da Beócia: na vida cotidiana, ninguém dá um figo podre, como dizemos em grego, pela definição dos conceitos, e, ainda assim, todos sabem distingui-los claramente. Os senhores podem tachar fulano de ladrão astuto, mas nunca o chamarão de 'ladrão razoável', ou 'ladrão sábio'. Podem

---

[2] "Homens da Beócia", em grego. (N. da E.)

elogiar seu alfaiate por praticar preços razoáveis, mas nunca dirão que seus preços são sábios. Existe uma óbvia diferença que os impede de misturar essas palavras.

"Se, por outro lado, os senhores chamam beltrano de camponês astuto, sem dúvida alguma querem dizer que ele sabe vender bem os seus produtos no mercado; se o chamam de camponês razoável, querem dizer que ele administra bem a sua propriedade. Mas se o chamam de camponês sábio, certamente querem dizer que ele vive bem, sabe uma grande quantidade de coisas e é capaz de dar bons conselhos.

"Tomemos um outro exemplo: o político astuto também pode ser um ladrão, capaz de causar sérios prejuízos à República; só chamamos o político de racional quando seu comportamento público é digno de elogio, pautado pelo bem comum. Já o político sábio, como todos percebem, é aquele homem digno de ser chamado 'pai da pátria', ou algo parecido; daí se deduz, portanto, que a sabedoria possui uma qualidade eminentemente cordial.

"Quando digo de alguém que é astuto, refiro-me a uma peculiaridade marcante; é como se dissesse que a abelha tem ferrão, e o elefante, tromba. Mas é muito diferente quando digo que a abelha é laboriosa ou que o elefante possui uma força descomunal; nisso já reside uma espécie de reconhecimento, respeito-lhe a força, mas não lhe respeito a tromba. Há um elemento de estima também na afirmação de que alguém é razoável. Mas se eu digo que alguém é sábio, é como se dissesse que gosto dele. Em outros termos: a astúcia é um dom ou um talento; a razão, uma qualidade ou uma força, mas a sabedoria é uma virtude.

"Agora sei a diferença entre estas três palavras. Habitualmente, a astúcia é cruel, maliciosa e egoísta; ela busca a fraqueza do próximo, usando-a em proveito próprio; aponta ao sucesso.

"A razão não raro também é cruel para com os homens, mas é justa em face dos objetivos fixados; busca o bem comum; se descobre uma fraqueza no próximo, tenta removê-la por meio da disciplina ou da educação; aponta ao aperfeiçoamento.

"A sabedoria não pode ser cruel, porque é benevolência e simpatia; nem sequer busca o bem comum, porque ama demais os homens, de tal maneira que é incapaz de achar outro objeto de amor; se descobre uma fraqueza ou um defeito no próximo, perdoa-o e ama-o; aponta à harmonia.

"Homens da Beócia, acaso já ouviram alguém qualificar de sábio um homem infeliz ou insolente, o homem amargurado ou desesperançado? Pensem bem por que, até na vida filosófica, costuma-se chamar de sábio aquele que cultiva o menor ódio possível e entende-se bem com o mundo que o cerca. Digam a si próprios, reiteradas vezes, a palavra 'sabedoria'; repitam-na na alegria ou na tristeza, quando experimentarem cansaço, impaciência ou raiva; haverá tristeza nela, mas será uma tristeza confortada; alegria, mas constante e delicada; cansaço, mas pleno de coragem, paciência e infinito perdão; e isso tudo, meus amigos, esse som mavioso e melancólico, é a voz da sabedoria.

"Sim, porque a sabedoria é uma espécie de melancolia. O homem pode pôr sua razão a serviço permanente de sua obra, pode realizar-se com ela. Todavia, a sabedoria permanecerá acima de toda e qualquer obra. O homem sábio é como o jardineiro que, enquanto revolve o canteiro ou amarra a roseira a uma estaca, pode estar com o pensamento posto em Deus. Sua obra jamais contém ou encarna sua sabedoria. A razão reside na ação; a sabedoria, na experiência.

"Mas os poetas e artistas sábios são capazes de encarnar sua experiência nas próprias obras; eles não expressam a sabedoria em atos, mas por meio de experiências. Este é o valor específico da Arte, e não há nada no mundo que se lhe compare.

"Vejam só: acabei por desviar-me completamente do meu programa. E o que mais poderia dizer? Se a sabedoria reside na experiência, e não nas ideias, é desnecessário que lhes leia meu rolo de anotações."

(1920)

Alexandre o Grande

Para Aristóteles de Estagira,
Diretor do Liceu de Atenas

Meu grande e amado mestre, caro Aristóteles!

Há muito, muito tempo que não vos escrevo; mas, como bem sabeis, tenho estado superocupado com assuntos militares e, enquanto marchávamos através da Hircânia, Drangiana e Gedrósia, conquistando a Báctria e avançando além do Indo, não tive nem tempo nem vontade de tomar da pena. Já faz alguns meses que estou em Susa; mas, tão logo cheguei, fiquei assoberbado de obrigações administrativas, nomeação de funcionários, sufocamento de revoltas e intrigas de toda espécie, de tal modo que, até o dia de hoje, não consegui escrever-vos a meu respeito. Se bem que, com base nas informações oficiais, deveis saber, por alto, o que se sucedeu; mas a minha devoção por vós e a confiança em vossa influência nos círculos intelectuais helênicos levam-me a novamente abrir meu coração a vós, meu amado mestre e guia espiritual.

Recordo que, anos atrás (parece que foi há tanto tempo!), escrevi-vos uma carta absurda e entusiasmada junto ao túmulo de Aquiles; estava eu às vésperas da minha expedição à Pérsia e havia jurado a mim mesmo que o heroico filho de Peleu seria meu exemplo por todo o resto da minha vida. Eu sonhava apenas com o heroísmo e com a grandeza; já havia conquistado a Trácia e imaginava avançar contra Dario, à

Histórias apócrifas 35

frente dos meus macedônios e gregos, somente para coroar a própria fronte de louros, fazendo assim jus aos meus ancestrais que o divino Homero tão bem soube eternizar. Pude constatar que nada fiquei devendo aos meus ideais nem em Queroneia nem em Granico; hoje, porém, tenho uma visão bem distinta do significado político dos meus feitos naquele período. A verdade nua e crua é que a nossa Macedônia, que bem ou mal se unira à Grécia, vinha sendo ameaçada pelo flanco norte pelos bárbaros da Trácia. Eles poderiam nos atacar num momento desfavorável, que os gregos por seu turno poderiam aproveitar para, rompendo os tratados, desvincular-se da Macedônia. Em outras palavras: tive de submeter os trácios para garantir um flanco à Macedônia, no caso de uma traição grega. Foi pura necessidade política, meu caro Aristóteles; vosso discípulo, contudo, ainda não o compreendera e ainda se embalava nos sonhos sobre os feitos de Aquiles.

Com a conquista da Trácia, nossa situação se alterou; passamos a controlar toda a costa oriental do mar Egeu até o Bósforo. Entretanto, nosso domínio sobre o mar Egeu vinha sendo ameaçado pelo poderio marítimo da Pérsia; chegando ao Helesponto[3] e ao Bósforo, pusemo-nos perigosamente próximos da zona de influência persa. Cedo ou tarde, a guerra entre nós e os persas haveria de explodir, pelo domínio do mar Egeu e dos estreitos do Ponto.[4] Afortunadamente, desfechei o golpe antes que Dario se pudesse aprontar. Pensava estar seguindo os passos de Aquiles e, assim, ter a glória de conquistar uma nova Ílio para os gregos; de fato, como hoje posso ver claramente, agi movido pela necessidade de rechaçar os persas do mar Egeu; e nós os derrotamos, meu caro mestre, de tal forma que ocupei a Bitínia, a

---

[3] Antigo nome do estreito de Dardanelos. (N. da E.)
[4] Ponto Euxino era o antigo nome do Mar Negro. (N. da E.)

Frígia e a Capadócia, devastei a Cilícia e só me detive em Tarso. A Ásia Menor era nossa. Estava em nossas mãos não apenas toda a bacia do mar Egeu, mas também o Mediterrâneo, ou, como nós o chamamos, o mar do Egito estava em nossas mãos.

Talvez vós, meu caro Aristóteles, possais afirmar que meu principal objetivo político e estratégico, isto é, a total expulsão dos persas das águas helênicas, já havia sido alcançado. Mas com a conquista da Ásia Menor surgiu uma nova situação: nossas novas costas passaram a ser ameaçadas pelo sul, por fenícios e egípcios; a Pérsia continuaria a receber reforços dessa parte, para sustentar a guerra contra nós. Portanto, era indispensável que ocupássemos o litoral de Tiro e controlássemos o Egito. Desse modo, nos assenhoreamos de toda a costa, mas eis que surgiu uma nova ameaça: Dario, apoiando-se em sua rica Mesopotâmia, poderia invadir a Síria, cortando as ligações entre o Egito e as nossas bases na Ásia Menor. Portanto, tinha de arrasar Dario, a qualquer preço; consegui fazê-lo em Gaugamela; como bem sabeis, Babilônia, Susa, Persépolis e Pasárgada caíram em nosso colo. Apoderamo-nos do Golfo Pérsico, mas, para que pudéssemos defender essas novas possessões de eventuais ataques vindos do norte, tivemos que voltar-nos contra os medos e os hircanos. Assim, nosso território passou a estender-se do mar Cáspio ao Golfo Pérsico, mas continuava aberto ao leste; à frente de meus macedônios, arrasei a Ária e a Drangiana, acabei com a Gedrósia, devastei a Aracósia e ocupei, gloriosamente, a Báctria. Para selar minha vitória militar com laços permanentes, tomei por esposa a princesa báctria Roxana. Foi por mera necessidade política; conquistei tantas terras orientais para meus macedônios e gregos que, querendo ou não, devia impor-me a meus bárbaros súditos orientais por meio da pompa e do esplendor, porque, sem isso, aqueles miseráveis pastores de ovelhas não conseguem imaginar um governante poderoso. Mas a verdade é que a minha antiga

Guarda Macedônia teve dificuldades em aceitar isso tudo; talvez tenha achado que seu comandante começava a se afastar de seus antigos camaradas de armas. Infelizmente, vi-me obrigado a executar meus velhos amigos Filotas e Calístenes; o meu caro Parmênio também perdeu a vida. Fiquei muito triste por causa deles; mas não havia outro remédio para que a rebelião dos meus macedônios não ameaçasse meus passos seguintes. À época, preparava a minha expedição contra a Índia. Se acaso não sabes, a Gedrósia e a Aracósia são cercadas de altas montanhas que mais parecem altas muralhas fortificadas; para que se possa penetrar nessas muralhas é preciso contar com uma antecâmara da qual se possa desfechar um assalto e para onde se possa recuar. Essa antecâmara estratégica é a Índia, até o rio Indo. Era uma necessidade militar ocupar esse território e com ele a cabeça de ponte da outra margem do Indo. Um comandante ou político responsável nem poderia agir de outro modo. Contudo, mal chegamos ao rio Hifasis, meus macedônios tornaram a rebelar-se, negando-se a seguir adiante; estavam exaustos, doentes e desejosos de regressar à pátria. Vi-me obrigado a recuar; foi uma caminhada terrível para meus veteranos, e muito pior para mim; o meu desejo era chegar até o Golfo de Bengala, a fim de garantir fronteiras estáveis, a leste, para a Macedônia, mas fui obrigado a desistir, temporariamente, da realização dessa tarefa.

    Voltei a Susa. Poderia dar-me por satisfeito de ter conquistado tamanho império para meus macedônios e gregos. Entretanto, para não ter que apoiar-me nos meus homens exaustos, alistei trinta mil persas em meus exércitos; eles são excelentes soldados e eu precisava deles para defender as fronteiras orientais. Vede, contudo, que esse meu gesto amargurou por demais os meus velhos soldados. Não foram capazes de compreender que, depois de ter conquistado um território oriental cem vezes maior que a nossa pátria, eu me tornara imperador do Oriente; era preciso ter oficiais e conselheiros do Oriente e devia estar rodeado por uma corte oriental; isso tudo é uma óbvia necessidade política que eu devo realizar para o bem de minha Grande Macedônia. As circunstâncias exigem de mim mais e mais sacrifícios pessoais; suporto-os sem queixa, porque penso na grandeza e na força de minha querida pátria. Devo suportar a pompa e magnificência bárbaras de meu poder; tive de tomar por esposas três princesas de reinos orientais; agora, meu caro Aristóteles, por fim tornei-me um deus.

Isso mesmo, meu amado mestre: proclamei-me deus; os meus bons súditos orientais ajoelham-se a meus pés e me oferecem sacrifícios. Trata-se de uma necessidade política, desde que eu queira ter autoridade sobre esses pastores das montanhas e esses cameleiros. Como vão longe os dias em que me ensináveis a usar a razão e a lógica! Mas a razão obriga-me a adaptar os meios à desrazão humana. À primeira vista, minha carreira pode parecer fantástica a qualquer um; agora, no entanto, quando a contemplo do silêncio de meu escritório divino, percebo que nunca fiz nada que não fosse necessário em função dos meus passos seguintes.

Vede, meu caro Aristóteles: em nome da paz e da ordem, e atentando às necessidades políticas, convém que me reconheçam como deus também nos meus territórios ocidentais. Se meus macedônios e gregos aceitarem o princípio político da minha autoridade absoluta, ficarei com as mãos livres para, tranquilamente, consolidar as fronteiras naturais da minha pátria helênica no litoral da China. Assim, poderei assegurar o poder e a segurança eternos para a minha Macedônia. Como vedes, trata-se de um plano sóbrio e razoável; deixei de ser, há muito tempo, aquele fantasista que prestou juramento junto ao túmulo de Aquiles. Se agora vos peço, como a meu sábio amigo e guia, que prepareis o caminho filosófico e justifiqueis a minha proclamação como deus de modo que isso seja aceito por meus gregos e macedônios, faço-o como estadista e político responsável; confio em vossa decisão e que desejeis realizar esta tarefa, razoável e patriótica, que é politicamente necessária.

Saúdo-vos, meu caro Aristóteles,

Vosso Alexandre

(1937)

A morte de Arquimedes

Aquela história do Arquimedes não aconteceu exatamente como acabou sendo escrita; é verdade que ele foi morto quando os romanos conquistaram Siracusa, mas não é certo, porém, que um soldado romano tenha irrompido na casa dele para pilhá-la e que Arquimedes, absorto no desenho de alguns construtos geométricos, tenha se voltado para ele, irritado: "Deixe os meus círculos em paz!". Primeiro, Arquimedes não era um professor tão distraído que não soubesse o que se passava ao seu redor; ao contrário, por natureza, era um autêntico soldado, que inventava máquinas de guerra para os habitantes de Siracusa defenderem a cidade. Segundo, o soldado romano também não era um saqueador embriagado, mas um culto e ambicioso comandante dos centuriões chamado Lucius, que sabia muito bem com quem tinha a honra de dialogar, e não entrara naquela casa para pilhá-la, tanto que, batendo continência na soleira da porta, disse:

— Saúdo-te, Arquimedes.

Arquimedes ergueu os olhos do quadro de cera sobre o qual, de fato, estava desenhando alguma coisa, e disse:

— Que foi?

— Arquimedes — começou Lucius —, sabemos muito bem que, sem tuas máquinas de guerra, os siracusanos não teriam resistido um mês sequer; com elas, tivemos que pelejar por dois anos. Não penses que nós, soldados, não sabemos apreciar isso. São máquinas excelentes. Meus parabéns!

Arquimedes fez um gesto com a mão.

— Ora, por favor. São mecanismos banais para arremessar objetos. Do ponto de vista científico, não têm valor algum...

— Mas do ponto de vista militar, têm, sim — disse Lucius. — Escuta, Arquimedes, eu vim pedir-te que trabalhes conosco.

— Com quem?

— Conosco, os romanos. Antes de mais nada, tens de reconhecer que Cartago está em decadência. Qual a vantagem de continuar com os cartagineses? Bem poderíeis ficar do nosso lado, vós todos.

— Por quê? — resmungou Arquimedes. — Nós, siracusanos, por acaso somos gregos. Por que nos juntaríamos a vós?

— Porque viveis na Sicília, e nós precisamos da Sicília!

— E para que precisais da Sicília?

— Porque desejamos tornar-nos senhores do Mediterrâneo!

— Ahã! — disse Arquimedes e ficou pensativo diante de seu quadro de cera. — E por que desejais isso?

— Quem dominar o Mediterrâneo — observou Lucius — haverá de dominar o mundo. Isso é óbvio.

— E por acaso tendes a obrigação de dominar o mundo?

— Sim. A missão de Roma é tornar-se senhora do mundo. E posso dizer-te que é exatamente o que Roma será.

— Quem sabe — disse Arquimedes, apagando alguma coisa do quadro. — Mas eu não trabalharei convosco, Lucius. Escuta: tornar-se senhor do mundo... vos dará uma trabalheira dos diabos defender os domínios. É pena terdes todo esse trabalho...

— Vale o esforço; seremos uma grande potência.

— Uma grande potência — murmurou Arquimedes. — Eu posso desenhar círculos pequenos ou grandes, mas sempre serão círculos. Que, de um modo ou de outro, sempre têm limites: nunca vos livrareis dos limites, Lucius. Pensas que o círculo grande é mais perfeito que o pequeno? Pensas que um geômetra se torna maior ao desenhar um círculo maior?

— Vós, gregos, sempre jogando com argumentos — protestou o centurião Lucius. — Nós demonstramos a nossa verdade de outro modo.

— De que modo?

— Com ações. Por exemplo, ocupamos vossa Siracusa. Portanto, Siracusa é nossa. É uma demonstração bastante clara?

— É, sim — disse Arquimedes e coçou a cabeça com o estilo. — De fato, conquistastes Siracusa; só que ela não é e nunca será a mesma Siracusa de antes. Foi uma cidade grande e famosa e, agora, nunca mais voltará a ser grande. Pobre Siracusa!

— Mas Roma será grande. Roma será a mais forte do mundo.

— Por quê?

— Para permanecer. Quanto mais fortes nos tornarmos, mais inimigos teremos. Por isso mesmo devemos tornar-nos os mais fortes.

— Bem, no que respeita à força... — resmungou Arquimedes. — Como sabes, eu entendo um pouco de física, Lucius, e devo dizer-te uma coisa: a força trava.

— O que isso quer dizer?

— É apenas uma lei, Lucius. A força potente trava. Quanto mais fortes vos tornardes, tanta mais força tereis de aplicar, até o momento em que...

— O que ias dizer?

— Nada, nada. Não sou profeta, Lucius. Sou apenas um físico. A força trava. Mais do que isso, eu não sei.

— Escuta, Arquimedes: não gostarias mesmo de trabalhar conosco? Não fazes ideia das grandes possibilidades que terias em Roma! Poderias construir as máquinas de guerra mais fortes do mundo...

— Desculpa-me, Lucius; sou um homem velho, e eu gostaria apenas de concretizar uma ou duas ideias minhas... E como bem podes ver, agora mesmo estou desenhando umas coisas...

— Arquimedes, não te atrai a ideia de conquistar o mundo ao nosso lado? Por que permaneces calado?

— Desculpa — sussurrou Arquimedes, encurvado sobre o quadro de cera. — Que disseste?

— Que um homem do teu quilate poderia dominar o mundo.

— Hmm, dominar o mundo... — disse Arquimedes ensimesmado. — Não te ofendas, mas agora tenho um trabalho mais importante a fazer. Algo permanente, algo realmente duradouro.

— E o que é?

— Cuidado! Não apagues os meus círculos! É o método para calcular a área de um segmento de círculo.

* * *

Mais tarde, noticiou-se que Arquimedes perdera a vida num acidente.

(1938)

As legiões romanas

Quatro veteranos de César, dos que lutaram nas campanhas da Gália e da Britânia e regressaram cobertos de glória e do maior triunfo que o mundo jamais presenciara, estes quatro heróis, Bullio, ex-cabo; Lucius, chamado Macer devido à sua magreza; Sartor, apelidado Hilla, veterinário da Segunda Legião e, finalmente, Strobus de Gaeta, encontraram-se na taberna de Onócrates, um grego velhaco da Sicília, para rememorarem juntos os grandes e notáveis feitos militares que haviam testemunhado. Como fazia calor, Onócrates colocou-lhes uma mesa na rua, e ali os quatro soldados sentaram-se para bebericar, falando em voz alta. É acaso de estranhar que uma pequena multidão de transeuntes, artesãos, condutores de mulas e mulheres com bebês de colo se aglomerasse ao redor deles para escutar o que diziam? Pois saibam que, naquela época, os gloriosos feitos do grande César ainda despertavam o interesse de todos os cidadãos romanos.

— Escutem — disse Strobus de Gaeta. — Deixem-me contar-lhes como foi aquilo, quando à beira daquele rio estávamos diante de trinta mil gauleses da província lugdunense.

— Espere um pouco — corrigiu-o Bullio. — Primeiro, aqueles gauleses não eram trinta mil; eram, se tanto, uns dezoito mil. Segundo, você estava na Nona Legião, que nunca chegou a lutar com os gauleses daquela província. Naquela época vocês estavam acampados na Aquitânia, remendando as nossas botas, porque apenas uns cagões e uns remendões serviam com vocês. Mas tudo bem. Continue.

— Você confundiu as coisas — protestou Strobus. — Para seu governo, na época nós estávamos acampados na Lutécia. E se remendamos suas botas, foi porque vocês esfolaram as solas fugindo desesperadamente de Gergóvia. Na verdade, lá vocês e a Quinta Legião levaram uma bela de uma surra, e foi bem feito!

— Não foi assim, não — disse Lucius, chamado Macer. — A Quinta Legião nunca esteve em Gergóvia. A Quinta Legião levou uma verdadeira sova, sim, mas bem antes, em Bibracte, e daí em diante ninguém conseguiu mandá-la para lugar nenhum que não fosse para engordar. Era uma bela legião — disse Macer, cuspindo longe.

— E de quem foi a culpa pela derrota da Quinta Legião em Bibracte? — indagou Bullio. — A Sexta Legião deveria ter avançado para reforçar a Quinta, mas os folgados nem se mexeram. Vinham direto de Massília, lá das raparigas...

— Que nada! — protestou Sartor, apelidado Hilla. — A Sexta Legião nunca esteve em Bibracte; ela só chegou à linha de frente em Axona, quando Galba estava no comando.

— Isso você sabe muito bem, não é, seu bastardo? — retrucou Bullio. — Em Axona, estiveram a Segunda, a Terceira e a Sétima Legiões. Os eburões já tinham botado a Sexta para correr para a saia da mamãe...

— Isso tudo é mentira! — disse Lucius Macer. — A única verdade é que a Segunda Legião, em que eu servi, lutou em Axona; o resto você inventou.

— Não diga! — disse Strobus de Gaeta. — Em Axona, vocês estavam de folga, na retaguarda, e quando acordaram, a batalha tinha terminado. Vocês souberam, sim, foi incendiar Genabum, apunhalar uma centena de civis e enforcar três usurários; foi só o que vocês souberam fazer!

— Ordens de César! — disse Macer sacudindo os ombros.

— Não é verdade! — gritou Hilla. — Não foi de César, mas de Labienus. César era político demais para dar essas ordens; Labienus, sim, era um soldado.

— Galba é que era um soldado — disse Bullio. — Por isso não tinha medo. Mas Labienus sempre ficou meia milha atrás da frente de batalha, para que nada lhe acontecesse. Onde estava Labienus quando os nérvios nos cercaram? Nosso centurião tombou naquela ocasião e eu, como legionário mais velho, assumi o comando. "Rapazes", eu disse, "quem recuar um passo...".

— Aquilo com os nérvios foi brincadeira de criança! — interrompeu Strobus. — Eles atiravam em vocês com pinhas e bolotas de carvalho. Difícil mesmo foi com os auvérnios.

— Ora, conte outra! — resmungou Macer. — Os auvérnios ninguém nem conseguiu alcançar. Era como caçar lebres!

— Na Aquitânia — pronunciou-se Hilla —, uma vez cacei um cervo; aquilo sim tinha chifres como árvores — precisamos de dois cavalos para arrastá-lo até o acampamento.

— Isso não é nada — declarou Strobus. — Na Britânia é que havia cervos!

— Agora me segurem! — gritou Bullius. — Strobus quer nos fazer acreditar que esteve na Britânia!

— E nem você esteve lá! — retrucou Macer. — Ei, Onócrates, vinho! O que eu posso lhes dizer é que já vi muito falastrão contar que esteve na Britânia, mas não acredito em nenhum!

— Pois eu estive lá! — declarou Hilla. — Levei porcos para as legiões. Lá estiveram a Sétima, a Oitava e a Décima.

— Deixe de dizer bobagens, homem! — disse Strobus. — A Décima Legião nunca foi além do acampamento dos séquanos. Vocês deviam ter visto como eles chegaram a Alésia, todos embonecados. Mas logo os moleques levaram uma lição.

— Todos nós levamos uma lição lá — disse Bullio. —

Levamos mais pauladas que o trigo, mas mesmo assim vencemos.

— Não foi assim — disse Macer. — Aquilo nem foi uma grande batalha. Quando saí da tenda, de manhã...

— Não foi assim — retrucou Hilla. — Em Alésia a coisa toda começou à noite...

— Ora vá para... aquele lugar! — disse Bullio. — Começou foi depois do almoço. Era carneiro...

— Não é verdade! — gritou Hilla, esmurrando a mesa. — Em Alésia tivemos carne de boi, porque estavam morrendo de peste e ninguém mais queria comer...

— Pois eu digo que era carne de carneiro — insistiu Bullio. — O centurião Longus justo acabava de chegar, lá da Quinta Legião...

— Que é isso, homem! — disse Macer. — Longus serviu conosco na Segunda Legião, mas em Alésia ele já estava morto fazia muito tempo. Hirtus é que era o centurião da Quinta Legião.

— Não é verdade — observou Hilla. — Na Quinta, era aquele... como é mesmo? Ah, sim! Corda.

— Nada disso! — sustentou Bullio. — Corda estava em Massília. Era Longus, e pronto. Ele chegou e disse: maldita chuva...

— Cale a boca! — gritou Strobus. — Não foi assim! Aquela vez em Alésia não caiu nem um pingo. Fazia um calor dos diabos, lembro bem, e como fedia aquela carne de porco!

— Era carne de carneiro! — gritou Bullio. — E chovia a cântaros! E aquele Hirtus chegou e disse: rapazes, acho que hoje vamos nos dar mal! E tinha razão. A batalha durou vinte horas...

— Não foi assim, não — disse Macer. — Durou só três horas.

— Você está confundindo tudo — observou Strobus. — Durou três dias, mas com intervalos. No segundo dia, perdemos...

— Não é verdade! — declarou Hilla. — Fomos derrotados no primeiro dia, mas vencemos no segundo.

— Bobagem! — disse Bullio. — Não vencemos em momento algum; estávamos prestes a nos entregar, mas eles se renderam antes...

— Não foi nada disso! — retrucou Macer. — Em Alésia, nem sequer houve batalha. Ei, Onócrates, vinho! Esperem, agora vou lhes dizer uma coisa: quando sitiamos Avaricum...

— Mas nem foi assim — resmungou Bullio adormecendo.

(1928)

Sobre os dez justos

Disse mais o Senhor: com efeito, o clamor de Sodoma e Gomorra tem-se multiplicado, e o seu pecado se tem agravado muito.

Descerei e verei se, de fato, o que têm praticado corresponde a esse clamor que é vindo até mim; e, se assim não é, sabê-lo-ei.

Então, partiram dali aqueles homens e foram para Sodoma; porém Abraão permaneceu ainda na presença do Senhor.

E, aproximando-se a ele, disse: Destruirás o justo com o ímpio?

Se houver, porventura, cinquenta justos na cidade, destruirás ainda assim e não pouparás o lugar por amor aos cinquenta justos que nela se encontram?

Longe de ti o fazeres tal coisa, matares o justo com o ímpio, como se o justo fosse igual ao ímpio; longe de ti. Não fará justiça o Juiz de toda a terra?

Então, disse o Senhor: Se eu achar em Sodoma cinquenta justos dentro da cidade, pouparei a cidade toda por amor deles.

Disse mais Abraão: Eis que me atrevo a falar ao Senhor, eu que sou pó e cinza.

Na hipótese de faltarem cinco para cinquenta justos, destruirás por isso toda a cidade? Ele respondeu: Não a destruirei se eu achar ali quarenta e cinco.

Disse-lhe ainda mais Abraão: E se, porventura, houver ali quarenta? Respondeu: Não o farei por amor dos quarenta.

Insistiu: Não se ire o Senhor, falarei ainda: Se houver, porventura, ali trinta? Respondeu o Senhor: Não o farei se eu encontrar ali trinta.

Continuou Abraão: Eis que me atrevi a falar ao Senhor: Se, porventura, houver ali vinte? Respondeu o Senhor: Não a destruirei por amor dos vinte.

Disse ainda Abraão: Não se ire o Senhor, se lhe falo somente mais esta vez: Se, porventura, houver ali dez? Respondeu o Senhor: Não a destruirei por amor dos dez.

Tendo cessado de falar a Abraão, retirou-se o Senhor; e Abraão voltou para o seu lugar.

(Gênesis, 18: 20-33)

E quando Abraão voltou para seu lugar, chamou a mulher, Sara, e lhe disse:

— Escuta, sei da mais fidedigna das fontes, e ninguém mais pode saber: o Senhor decidiu destruir Sodoma e Gomorra por causa de seus pecados. Ele próprio me disse.

E Sara disse:

— Vê só, não é isso que eu vinha avisando faz tempo? E quando comentei o que se passava lá, tu ainda saíste em defesa deles e me repreendeste, dizendo: "Cala-te, mulher, não metas o nariz; que é que tens com isso?". Agora podes ver, faz tempo que eu venho avisando; já era de se esperar que acabasse assim. Outro dia mesmo, conversando sobre o assunto com a mulher de Ló, eu disse a ela: "Senhora, aonde é que vamos parar?". E tu, o que pensas: que o Senhor acabará aniquilando também a mulher de Ló?

Abraão respondeu do seguinte modo:

— É justamente disso que se trata. Se queres saber, o Senhor concordou, por minha intercessão, em poupar Sodoma e Gomorra contanto que nelas encontre cinquenta justos. Consegui regatear, e ele deixou por dez. Foi por isso que te chamei, para juntos escolhermos os dez justos para o Senhor.

Histórias apócrifas

E Sara disse:
— Fizeste muito bem. A mulher de Ló é minha amiga, e Ló, do teu irmão, Harã. Não digo que Ló seja justo, tu bem sabes que ele pôs todos os membros de sua casa contra ti; então, Abraão, nem me fales disso, não é direito, ele não é sincero contigo. De qualquer modo, é teu sobrinho. Harã tampouco se comportou como um irmão de sangue, mas isso já é um assunto de família.

E ela prosseguiu:
— Dize ao Senhor que poupe Sodoma. Sou uma mulher que não deseja mal a ninguém. As minhas pernas tremem quando penso na quantidade de pessoas que poderiam morrer. Vai, dize ao Senhor que se compadeça deles.

E Abraão respondeu assim:
— O Senhor haverá de compadecer-se, se encontrar dez justos. Creio que poderíamos aconselhá-lo a esse respeito. Afinal, conhecemos a todos os que moram em Sodoma e Gomorra. E por que não haveríamos de ajudar ao Senhor a encontrar dez justos?

E disse Sara:
— Nada mais fácil! Posso indicar-lhe vinte, cinquenta, ou até cem justos. O Senhor sabe muito bem que não faço mal a ninguém. Assim, temos a mulher de Ló, e o próprio Ló; embora ele seja falso e invejoso, é da família. Já temos dois.

Abraão ponderou:
— E as duas filhas deles.

Sara observou, no entanto:
— Nem penses nisso, Abraão. A mais velha, Iscá, é uma sem-vergonha. Acaso não percebeste como ela sacudia o traseiro na tua frente? A própria mulher de Ló disse: "Essa Iscá só me dá desgostos; ficarei muito contente se alguém a desposar". A filha mais nova parece mais humilde. Mas se tu achas que deve ser assim, acrescenta as duas.

Abraão respondeu:

— Até agora, teríamos apenas quatro justos. E quem mais deveríamos escolher?

E Sara disse:

— Se acrescentares as duas, devemos também contar os seus noivos, Seboim e Jobá.

Abraão, no entanto, respondeu:

— O que há contigo? Seboim é filho do velho Dodanim. Será que o filho de um ladrão e usurário pode ser justo?

E observou Sara:

— Ora, Abraão, faz isto, por favor, pela família. Por que Milcá não poderia ter um noivo bom, se aquela leviana da Iscá pode ter? Ela é uma moça direita; pelo menos não fica se saracoteando diante dos parentes mais velhos, que deveria respeitar.

E disse Abraão:

— Que seja como tu dizes. Com Jobá e Seboim, teríamos seis justos. Precisamos encontrar ainda outros quatro.

Sara argumentou:

— Isto é fácil. Espera um pouco: quem mais é justo em Sodoma?

E Abraão assim retrucou:

— Diria que o velho Naor.

Sara ponderou:

— Muito me admira que te lembres dele. Acaso não sabes que, a despeito da idade, ele vive dormindo com jovens pagãs? Então, deverias considerar Sabá muito mais justo do que Naor.

Revoltado, Abraão respondeu:

— Sabá é um idólatra e perjuro. Não me peças que o inclua entre os justos para a conta do Senhor. Neste caso, seria mais lógico que me lembrasse de Elmodá ou Eliá.

E Sara disse:

— Mas sabes que Eliá cometeu adultério com a mulher de Elmodá. Se Elmodá fosse homem de verdade, expulsaria a mulher, aquela rameira, para o lugar que ela merece. Talvez pudesses recomendar Namã, que não tem culpa de nada, porque é louco.

E Abraão assim respondeu:

— Não recomendarei o nome de Namã, mas poderei lembrar Melquiel.

E Sara disse:

— Se recomendares Melquiel, é melhor que não me dirijas mais a palavra. Não foi ele que zombou de ti por não teres conseguido um filho varão comigo, e sim com a filha de Hagar?

Abraão observou:

— Melquiel eu não recomendarei. Mas que pensas de também incluirmos entre os justos Ezron ou Jaquelel?

Sara retrucou, afirmando:

— Jaquelel é um pervertido, e Ezron vive às voltas com as prostitutas da Acádia.

E disse Abraão:

— Recomendarei Efraim.

Sara respondeu:

— Efraim afirma ser dono da planície de Mamra, onde pastam os nossos rebanhos.

E Abraão observou:

— Efraim não é um homem justo. Recomendarei o filho de Jaziel, Aquirã.

E Sara ponderou:

— Ele é amigo de Melquiel. Já que desejas recomendar alguém, por que não recomendas o nome de Nadá?

Abraão afirmou:

— Nadá é avarento. Recomendarei Amrã.

E disse Sara:

— Mas ele quis dormir com a tua Hagar. Nem sei o que foi que ele viu nela. Seria melhor recomendar Azriel.

E Abraão respondeu:

— É um mau sujeito. Não posso recomendar ao Senhor um fanfarrão desses. Talvez devesse indicar Namuel. Não,

Namuel não merece. Nem sei por que pensei em recomendar Namuel.

E Sara disse:

— Espera um pouco. Deixa Namuel de lado, porque ele se envolveu nos pecados de Sodoma. Quem mais vive em Sodoma? Deixa-me pensar um pouco: Caá, Salfá, Itamar...

E Abraão retrucou:

— Afasta de ti esse pensamento. Itamar é um mentiroso. Quanto a Caá e Salfá, acaso não sabes que ambos estão de parte do malfadado Peleg? Mas quem sabe ainda sobrem uma ou duas mulheres justas? Por favor, esforça-te um pouco...

E Sara disse:

— Não há nenhuma.

Entristecido, Abraão respondeu:

— Será que não há dez justos em Sodoma e Gomorra, para que o Senhor poupe por causa deles essas duas belas cidades?

Sara retrucou:

— Vai, Abraão, vai, ajoelha-te diante da face do Senhor, rasga as tuas vestes e dize: "Senhor, Senhor, eu e minha mulher, Sara, rogamos-te que não aniquiles Sodoma e Gomorra por causa de seus pecados". E diz ainda o seguinte: "Compadece-te de Teu povo culpado, tem paciência. E tem piedade, deixa-os viver. De nós, Senhor, do Teu povo, não deves pedir que apontemos dez justos entre todo o Teu rebanho".

(1931)

Pseudo-Ló, ou sobre o patriotismo

Ao anoitecer, vieram os dois anjos a Sodoma, a cuja entrada estava Ló assentado; este, quando os viu, levantou-se e, indo ao seu encontro, prostrou-se, rosto em terra.

E disse-lhes: Eis agora, meus senhores, vinde para a casa do vosso servo, pernoitai nela e lavai os pés; levantar-vos--eis de madrugada e seguireis o vosso caminho. Responderam eles: Não; passaremos a noite na praça.

Instou-lhes muito, e foram e entraram em casa dele; deu--lhes um banquete, fez assar uns pães asmos, e eles comeram.[5]

Então, disseram os homens a Ló: Tens aqui alguém mais dos teus? Genro, e teus filhos, e tuas filhas, todos quantos tens na cidade, faze-os sair deste lugar;

pois vamos destruir este lugar, porque o seu clamor se tem aumentado, chegando até à presença do Senhor; e o Senhor nos enviou a destruí-lo.[6]

Diante destas palavras, Ló estremeceu e disse:
— Por que eu deveria sair daqui?
E eles responderam:
— Porque o Senhor não deseja aniquilar o justo.
Ló calou-se por muito tempo, e finalmente disse:
— Por favor, senhores, permiti-me agora que eu me vá, que chame os genros e as filhas, e que lhes diga que devem preparar-se para partir.

[5] Gênesis, 19: 1-3. (N. da E.)
[6] Gênesis, 19: 12-13. (N. da E.)

E eles retrucaram:

— Faze isto.

Então, saiu Ló e correu pela cidade inteira, gritando para os habitantes:

— Levantai-vos, saí deste lugar, porque o Senhor há de destruir a cidade.

Mas eles acharam que Ló estava brincando.

Ló voltou para casa, mas não se deitou; ficou pensativo a noite inteira.

Ao amanhecer, os anjos apressaram Ló, dizendo:

— Levanta-te, toma tua mulher e tuas duas filhas, que aqui se encontram, para que não pereças no castigo da cidade.

— Não vou — respondeu Ló. — Perdoai-me, mas eu não vou. Pensei sobre o assunto a noite inteira. Não posso sair, porque eu também sou habitante de Sodoma.

— És um justo — observaram os anjos. — E eles, injustos. E os atos deles provocaram a ira do Senhor. O que tens a ver com eles?

— Nem eu mesmo sei — disse Ló. — Também já fiquei me perguntando o que eu tenho a ver com eles. Passei a vida inteira queixando-me de meus concidadãos, julgando-os de maneira tão severa, e agora sinto pavor ao pensar que eles devem morrer. Quando fui parar na cidade de Segor, julguei que o povo de lá fosse melhor que o de Sodoma.

— Levanta-te — disseram os anjos. — Vai até Segor, porque aquela cidade será poupada.

— E o que Segor representa para mim? — indagou Ló. — Lá vive um único homem justo, e quando conversei com ele, queixou-se de todos os demais, enquanto eu xingava os habitantes de Sodoma. Mas agora não posso ir embora. Suplico-vos: deixai-me.

E pronunciou-se um dos anjos, dizendo:

— O Senhor ordenou-nos que exterminemos os sodomitas.

— Que seja feita a vontade d'Ele — afirmou Ló, em voz baixa. — Passei a noite inteira pensando, e lembrei-me de tantas coisas que cheguei a chorar. Acaso já ouvistes os habitantes de Sodoma cantarem? Não. Não os conheceis de modo algum, caso contrário falaríeis de outro modo. Quando as jovens andam pelas ruas, requebram as cadeiras e cantarolam, e sorriem quando vertem água de suas bilhas. Nenhuma água é mais limpa que a dos regatos de Sodoma, e não há língua alguma que tenha som tão belo. E quando uma criança fala, compreendo-a como se fosse minha; e quando brinca, brinca com as mesmas coisas com que eu brincava quando era pequeno. E quando chorava, minha mãe consolava-me com as palavras de Sodoma. Ó Senhor — suspirou Ló —, é como se tivesse sido ontem!

— Os sodomitas pecaram — disse severamente o segundo anjo — e por isso...

— Pecaram, eu sei — atalhou Ló, impaciente. — Mas pelo menos vistes alguma vez os nossos artesãos? Quando trabalham, é como se brincassem. E quando terminam uma bilha ou um tecido, o coração da gente pula de alegria, tal é a beleza do que eles fazem. Eles são tão hábeis que dá vontade de vê-los trabalhar o dia inteiro. E quando cometem os piores pecados, isso dói muito mais do que se fosse um habitante de Segor que os tivesse cometido. E isso faz a gente sofrer mais, como se fosse partícipe do pecado deles. De que me adianta ter sido considerado um justo, se também sou um sodomita? Se julgais Sodoma, deveis julgar-me também. Eu não sou justo. Sou como eles. Não sairei daqui.

— Serás aniquilado junto com eles — disse o anjo, irritado.

— Talvez; antes, porém, tentarei de tudo para evitar que sejam exterminados. Ainda nem sei o que farei. Mas pensarei, até o último instante, que devo ajudá-los. Poderia eu, afinal, partir assim? Oponho-me o Senhor; por isso é que ele não me dá ouvidos. Se, ao menos, Ele me desse três anos, ou três dias, ou três horas! O que são três horas para Ele? Se me tivesse dito ontem — vai, afasta-te deles, porque não são justos —, teria respondido: tem um pouco de paciência, tentarei falar com uns e outros. Julguei-os, em vez de juntar-me a eles. E agora que o aniquilamento os espera, como é que eu poderia deixá-los? Será que não sou eu também culpado pelo fato de as coisas terem chegado tão longe? Não desejo morrer, mas necessito que tampouco eles morram. Permanecerei aqui.

— Não salvarás Sodoma.

— Sei que não; mas o que posso fazer? Tentarei, não sei exatamente o quê; sei, contudo, que insistirei. Passei a vida inteira a julgá-los com uma severidade sem par, pois suportei com eles o maior peso de todos: o de seus pecados. Senhor, nem sei dizer o que eles significam para mim. Posso demonstrá-lo, apenas, permanecendo aqui.

— Teus concidadãos somente podem ser os justos e os que creem no mesmo Senhor em que tu crês — explicou o anjo. — Os pecadores, os ateus e os idólatras não podem ser teus concidadãos.

— Como não podem, se são sodomitas? Não podeis compreendê-lo, porque não entendeis a voz da carne e da argila. O que é Sodoma? Dizeis que é a cidade dos injustos. Mas quando os sodomitas lutam, não lutam por serem injustos, lutam por algo melhor, que já existiu ou existirá, e até o pior de todos pode tombar por todos. Sodoma somos nós, alguns de nós. E se eu tiver algum valor diante do Senhor, que o atribua a Sodoma, não a mim. O que mais posso dizer? Dizei ao Senhor: Ló, Teu servo, colocar-se-á ao lado dos homens de Sodoma, defendendo-os contra Ti, como se fosses um inimigo.

— Alto! — disse o anjo. — É terrível o teu pecado, mas o Senhor não te ouviu. Apronta-te e sai da cidade, salva, ao menos, tua mulher e tuas filhas.

Ló rompeu em pranto:

— Sim, devo salvá-las, tendes razão. Conduzi-me, por favor.

Como, porém, se demorasse, pegaram-no os homens pela mão, a ele, a sua mulher e as duas filhas, sendo-lhe o Senhor misericordioso, e o tiraram, e o puseram fora da cidade.

(Enquanto era conduzido, Ló pôs-se a rezar, dizendo:)

"Tudo o que a vida me concedeu foi por intermédio de tuas mãos; a minha carne foi criada do teu barro, e as palavras que estão nos lábios dos teus homens e tuas mulheres são as mesmas que foram postas em meus lábios; ó, por isso é que os amei com todas as minhas palavras, mesmo quando os amaldiçoava.

"Vejo-te até quando fecho os olhos, porque estás mais fundo dentro de mim do que os meus próprios olhos; estás em mim assim como eu estive em ti.

"As minhas mãos, inconscientes, executam os teus atos, e mesmo que estivesse no deserto, caminhariam meus pés para as tuas ruas.

"Sodoma, Sodoma, acaso não és a mais bela de todas as cidades? E se eu visse apenas uma de tuas janelinhas, cobertas com tecido listrado, reconhecê-la-ia, saberia que é uma janela de Sodoma.

"Sou como o cão levado para longe da casa do dono; mesmo que enterre a cabeça no pó, para não ver, reconhece o cheiro das coisas familiares.

"Cri no Senhor e em Sua lei; não acreditei em ti, mas tu existes; e os outros países são como sombras, através das quais passo sem recostar-me a um único muro ou tronco de árvore, porque são como sombras.

"Tu existes como nada mais existe; e tudo o que existe existe através de ti. Se te vejo, nada mais vejo além de ti; se vejo outra coisa, vejo-a somente através de ti.

"Cri no Senhor porque acreditei que fosse o Senhor de Sodoma; se não existir Sodoma, não existirá o Senhor.

"Ó portões, portões de Sodoma: aonde me conduzem, a

que solidão? Onde devo fincar meus pés? Embaixo de mim não há terra; e estou em pé como se não estivesse. Ide, filhas, deixai-me; não posso ir além."

Havendo-os levado fora, disse um deles:

— Livra-te, salva a tua vida; não olhes para trás, nem pares em toda a campina; foge para o monte, para que não pereças.

Raiava o sol sobre a terra, quando isto disseram.

Então fez o Senhor chover enxofre e fogo, da parte do Senhor, sobre Sodoma e Gomorra.

Ló olhou para trás, soltou um grito e correu de volta para a cidade:

— Que estás fazendo, maldito? — gritaram-lhe os anjos.

— Vou ajudar o povo de Sodoma —, respondeu Ló entrando na cidade.

(1923)

Noite de Natal

— Estou surpresa contigo — disse a senhora Diná. — Se fossem pessoas direitas, procurariam o prefeito e não ficariam mendigando por aí. Por que a família de Simão não os hospedou? Por que justamente nós é que temos de recebê-los? Por acaso somos piores que a família de Simão? Claro, a mulher de Simão sequer deixaria essa gentalha entrar na casa dela. Muito me admira você, nem sei como dizer... se meter com gente assim!
— Não grita! — resmungou o velho Isacar. — Eles podem escutar.
— Pois que escutem! — devolveu a senhora Diná, levantando mais a voz. — Que absurdo! Talvez pretendas que eu nem sequer possa abrir a boca dentro da minha própria casa, por causa de uns vagabundos! Por acaso os conheces? Alguém os conhece? Ele diz que a mulher é sua esposa. Sua esposa, pois sim! Eu sei muito bem como é que essa gente se casa! E tu nem te envergonhas de colocar uma gente assim dentro de casa!
Isacar ia explicar que os deixara entrar apenas no estábulo. Mas preferiu calar-se. Apreciava muito a paz doméstica.
— A mulher — prosseguia a senhora Diná, escandalizada —, a mulher, se é que não sabes, está em estado interessante. Meu Deus, era só o que nos faltava! Nossa Senhora, vamos cair na boca do povo! Por favor, diz onde é que estavas com a cabeça? — A senhora Diná tomou fôlego. — Claro, se aparece uma mocinha, não sabes dizer não. Basta um olhar, e te desmanchas em gentilezas. Por mim nunca farias

isso, Isacar! É como se eu estivesse ouvindo: "Entrai, boa gente! Tem bastante palha no estábulo". Como se fôssemos os únicos a ter um estábulo em toda Belém! Por que a família de Simão não lhes deu um fardo de palha? Porque a mulher de Simão não permitiria isso ao marido, entende? Mas o capacho aqui, claro, nunca diz nada...

O velho Isacar virou-se para a parede. Talvez ela fique quieta, pensou. Talvez ela tenha razão. Mas armar tamanho escândalo por causa de uma...

— Receber gente estranha dentro de casa — indignava-se a senhora Diná em sua justa ira. — Quem sabe o que eles são? E agora não vou pregar os olhos a noite inteira, de medo! Para ti, tanto faz, não é? Para os estranhos, tudo; para mim, nada! Se pelo menos uma vez tivesses consideração por tua mulher velha e doente! Mas de manhã, toca eu limpar a sujeira deles! Se esse homem é carpinteiro, por que é que não tem um emprego? E por que sempre eu é que tenho de ter tantos aborrecimentos? Estás me ouvindo, Isacar?

Mas Isacar, virado para a parede, fazia de conta que dormia.

— Minha Nossa Senhora! — suspirou a senhora Diná. — Que vida, a minha! Passar a noite inteira acordada, de preocupação... E ele dorme como uma pedra! Poderiam carregar a casa inteira, que continuaria roncando... Deus, que vida a minha!

Apenas o ronco de Isacar quebrava o silêncio.

* * *

Por volta da meia-noite, um forte gemido feminino acordou-o.

"Com os diabos!", sobressaltou-se. "Isso vem aqui da vizinhança. Tomara que não acorde Diná... Seria um deus nos acuda!"

E continuou deitado, imóvel, como se estivesse dormindo.

Histórias apócrifas 63

Logo depois, um novo gemido. Meu Deus, misericórdia! Senhor, não permitas que Diná acorde! — pedia Isacar, apavorado. Mas ele sentiu que Diná se mexia. Ela se sentou e ficou à espreita. "Isso vai acabar mal", pensou Isacar. Mas permaneceu muito quieto.

A senhora Diná levantou-se sem reclamar, cobriu-se com uma manta de lã e saiu para o quintal. "Agora ela vai expulsá-los", imaginou Isacar, impotente. "Eu não vou me meter, ela que faça o que quiser..."

Depois de alguns instantes, longos e pesados, a senhora Diná voltou com passos firmes. O sonolento Isacar tinha a impressão de estar ouvindo o estralejar de gravetos. Firme, decidiu que não mexeria um dedo sequer. "Quem sabe ela esteja com frio", pensou, "e vai acender o fogo."

Diná, pé ante pé, saiu de novo, logo depois. Isacar abriu os olhos e avistou um caldeirão cheio de água sobre o fogo cintilante. "Para que isso?", perguntava-se, surpreso. Mas cochilou em seguida. Tornou a acordar somente quando a mulher, apressada e com passos insolitamente decididos, dirigia-se ao quintal, carregando o caldeirão fervente.

Isacar estava curioso. Levantou-se e arrumou as roupas. "Preciso ver o que está se passando lá fora", disse para si, enérgico. Mas tropeçou com a própria mulher no vão da porta.

"Tem a santa paciência, que é que estás fazendo para cima e para baixo a uma hora dessas?", pretendia dizer. Mas não conseguiu.

— Que tanto olhas? — irritou-se a mulher, que já voltava correndo para o quintal, com alguns retalhos e trapos nas mãos. Na soleira da porta, virou-se e disse, com voz imperiosa:

— Volta para a cama e... e não fiques no meio do caminho atrapalhando, será que me entendeste?

O velho Isacar saiu furtivamente para o quintal. Avistou a silhueta de um homem robusto à espera diante do estábulo. Aproximou-se dele:

— Então, José — resmungou amistoso —, quer dizer que caíste na armadilha dela, não? Pois é, José, as mulheres são assim mesmo...

E para desviar o assunto do desamparo dos homens, apontou para o céu, de repente:

— Olha, uma estrela! Já viste uma estrela assim?

(1930)

Marta e Maria

Indo eles de caminho, entrou Jesus num povoado. E certa mulher, chamada Marta, hospedou-o na sua casa.

Tinha ela uma irmã, chamada Maria, e esta quedava-se assentada aos pés do Senhor a ouvir-lhe os ensinamentos.

Marta agitava-se de um lado para outro, ocupada em muitos serviços. Então se aproximou de Jesus e disse: Senhor, não te importas de que minha irmã tenha deixado que eu fique a servir sozinha? Ordena-lhe, pois, que venha ajudar-me.

Respondeu-lhe o Senhor: Marta! Marta! Andas inquieta e te preocupas com muitas coisas.

Entretanto, pouco é necessário ou mesmo uma só coisa; Maria, pois, escolheu a boa parte, e esta não lhe será tirada.[7]

Naquela noite, Marta foi visitar a vizinha, Tamar, mulher de Jacó Grünfeld, que se recuperava justamente do parto.

Vendo que o fogo da lareira se apagava, colocou alguns gravetos. E sentou-se para reavivar a fogueira. Quando as chamas voltaram a cintilar, Marta fixou os olhos no fogo, e calou-se.

Depois de algum tempo, Tamar manifestou-se:

— Martinha, a senhorita é uma mulher de bem. Preocupa-se tanto comigo... Eu nem mesmo sei como posso agradecer-lhe.

Marta nem respondeu, nem tirou os olhos do fogo.

---

[7] Evangelho de Lucas, 10: 38-42. (N. da E.)

Tamar perguntou-lhe então:

— Martinha, é verdade que o rabino de Nazaré esteve hoje em sua casa?

E Marta respondeu:

— Esteve, sim.

Mãos cruzadas, Tamar observou:

— Que alegria devem ter tido, senhorita Marta! Eu sei que Ele sequer poria os pés aqui dentro; mas a senhorita bem que o merece, é uma dona de casa zelosa...

Diante dessas palavras, Marta curvou-se diante do fogo, arrumou os gravetos com movimento brusco, e falou assim:

— Posso dizer-lhe, dona Tamar, que eu gostaria mesmo é de sumir. Nem poderia supor que justo agora, antes das festas... Disse a mim mesma, pela manhã, que devemos lavar primeiro a roupa suja... A senhora sabe a quantidade de roupa que a Maria sempre suja... Estou eu lá juntando a roupa suja, quando ouço, de repente: "Bom dia, donzelas!". Era Ele que estava à porta! Começo a gritar: "Maria! Maria! Vem cá!". Queria que ela me ajudasse a esconder todas aquelas camisolas sujas... E a Mariazinha veio mesmo, correndo, desgrenhada como sempre, e, assim que O viu, começou a gritar como uma desmiolada: "Mestre, Mestre, então viestes à nossa casa?". E lá estava ela, num piscar de olhos, ajoelhada aos pés d'Ele, soluçando e beijando-Lhe as mãos. Sabe, dona Tamar, eu tinha tanta vergonha... o que é que o Mestre poderia pensar, uma histérica, semidemente, e aquelas roupas sujas todas ali. Mal pude murmurar: "Mestre, sentai-vos, por favor". E foi aí que comecei a recolher aquelas roupas sujas todas. E Maria, agarrando-Lhe as mãos, soluça: "Mestre, dizei alguma coisa, falai-nos alguma coisa, *Rabboni*".[8] Imagine só, dona Tamar, ela chamando-O de "*Rabboni*", e aonde

---

[8] *Rabboni*: "Grande mestre", em aramaico. (N. da E.)

quer que olhasse, aquela desordem toda, a senhora sabe como é quando a gente lava roupa; eu nem varri a casa... o que é que Ele poderá pensar de nós?!

— Ora, Martinha — consolou-a a senhora Grünfeld. — Normalmente, os homens mal reparam numa baguncinha à toa. Acredite, eu os conheço bem.

— Mesmo que seja assim — respondeu Marta com um duro senso de responsabilidade nos olhos —, deveria haver ordem. Veja só, senhora Grünfeld: quando o Mestre almoçou na casa daquele publicano, Maria foi capaz de lavar pés d'Ele com as próprias lágrimas e enxugá-los com os cabelos. E digo-lhe mais, dona Tamar: eu jamais seria capaz de fazer uma coisa dessas, não teria essa coragem; mas, ao menos, gostaria que o assoalho sobre o qual Ele põe os pés estivesse limpo. Limpo como a mesa! E gostaria de ter podido estender diante d'Ele aquele tapete bonito, de Damasco, em vez de roupa suja. Lavar os pés com as lágrimas e enxugá-los com os cabelos, isso bem que a Mariazinha sabe fazer; mas ela sequer pensa em pentear-se quando Ele vem à nossa casa. Nem pensa em limpar o assoalho. Atira-se ao chão diante d'Ele, olhos arregalados, e depois aquele "falai, *Rabboni*!".

— E Ele falou? — interessou-se, curiosa, a senhora Tamar.

— Falou — disse Marta, lentamente. — Sorriu, e ficou contando coisas à Maria. Eu, é claro, primeiro procurei recolher a roupa suja; depois, coloquei diante d'Ele um pouco de leite de cabra, uma fatia de pão... Parecia cansado, alquebrado. A frase estava na ponta da língua: "Mestre, trarei algumas almofadas, descansai um pouco, repousai, que nós ficaremos aqui silentes, como se nem estivéssemos vivas, prendendo a respiração...". Mas a senhora sabe, dona Tamar, a gente não quer interromper-Lhe as palavras... Então, o que mais eu podia fazer: fiquei andando de um lado para outro na ponta dos pés, para que Maria, finalmente, pudesse entender o que eu queria: que ela também se calasse! "Mestre, contai alguma coisa mais, por favor, contai!", ela insistia. E Ele, coitado, sorria e continuava contando.

— Puxa vida! Gostaria de tê-Lo ouvido falar! — suspirou a dona Tamar.

— Eu também, senhora Grünfeld — observou Marta, secamente. — Mas alguém precisava esfriar-Lhe o leite, para que O refrescasse. E alguém tinha de arrumar um pouco de mel para passar-Lhe no pão. Depois, precisei ir à casa de Efraim; havia prometido à esposa dele que tomaria conta dos filhos quando ela fosse ao mercado. Veja, senhora Grünfeld, que até solteironas como eu têm sua serventia... Se ao menos o nosso irmão mais novo, Lázaro, estivesse em casa! Mas quando ele viu, pela manhã, que eu me preparava para lavar roupa, disse: "Meninas, vou sair. Mas, tu, Marta, fica de ouvido no movimento da rua. Quando passarem os vendedores de ervas do Líbano, compra aquele chá para os males do peito". A senhora sabe, dona Tamar, o Lázaro sofre de alguma doença do peito, e nos últimos tempos tem piorado. Pois é, eu fiquei lá, pensando: tomara que o Lázaro volte para casa enquanto o Mestre está aqui. Eu tinha uma pontinha de esperança que Ele pudesse curar o nosso Lázaro... Assim que ouvia passos, saía correndo para o portão da rua e pedia a todos: "Senhor Ascher, senhor Levy, senhor Isacar, se virem o meu irmão, digam-lhe que se apresse e volte para casa!". E eu tinha de ficar de olho no vendedor de ervas também. Palavra de honra: eu nem sabia onde estava com a cabeça!

— Posso imaginar — meneava a cabeça a senhora Grünfeld. — São tantas preocupações com a família, com a casa...

— Se fossem só preocupações... — disse Marta. — Olhe, senhora Grünfeld, eu também gostaria de ter ouvido a palavra do Senhor. Sou uma mulher tola; no fundo, uma espécie de criada. Afinal de contas, alguém precisa lavar e cozinhar, remendar as roupas, limpar a casa, já que a Mariazinha, por natureza, não é dada a essas coisas... Hoje ela nem é tão bonita como antes, dona Tamar. Mas posso garantir-lhe: já hou-

Histórias apócrifas   69

ve um tempo em que a beleza dela... era tamanha que eu precisava servi-la, a senhora me entende? As pessoas acham que sou má... senhora Grünfeld, mas a senhora é uma mulher inteligente e sabe bem que uma mulher má não é capaz de cozinhar bem, e eu, como cozinheira, não sou de jogar fora. Já que a Maria recebeu a beleza, a Marta que cozinhe comidas gostosas, não é? Mas, dona Tamar, talvez já tenha acontecido à senhora também: às vezes, por alguns breves instantes, a gente coloca as mãos no colo, e acaba tendo algumas ideias tão estranhas, tão esquisitas. Assim, como se alguém viesse e dissesse uma ou outra palavra, ou pusesse os olhos... dizendo assim... minha filha, tu nos alimentas com a tua bondade, tu te desdobras por nós, tu limpas a casa toda com teu corpo e manténs a limpeza com tua alma imaculada; entramos em tua casa como se fosse em ti, em ti mesma; Marta, de um jeito especial, tu também amaste muito...

— É verdade — concordou a senhora Grünfeld. — E se a senhorita ainda tivesse dois filhos, como eu tenho, então é que saberia como são essas coisas...

E disse Marta:

— Sabe, senhora Grünfeld, quando o Mestre de Nazaré entrou em casa, assim, de maneira tão inesperada, fiquei paralisada... talvez... talvez tenha vindo para dizer-me todas essas maravilhas que, por anos a fio, estive aguardando... Mas calhou de Ele chegar justo quando havia aquela desordem toda! O coração saltava-me da boca e mal conseguia balbuciar uma palavra... e repetia a mim mesma: isso passa, sou uma mulher estúpida, por isso, vou pôr a roupa de molho, depois darei um pulo na casa de Efraim para pedir que alguém chame o Lázaro, e depois enxotarei as galinhas do quintal para que não O incomodem... Finalmente, quando tudo estava em ordem, uma calma e uma segurança maravilhosas tomavam conta de mim: agora estou pronta para ouvir a palavra do Senhor! Entrei em silêncio, grande silêncio, na sala em que Ele estava sentado, falando. Maria estava lançada aos pés d'Ele, não despregava os olhos d'Ele... — Marta soltou uma gargalhada seca. — Lembrei, então: com que cara ficaria eu se ficasse com os olhos pregados n'Ele. E então... então, senhora Grünfeld, Ele fitou-me com olhos tão amistosos e limpos, como se desejasse dizer-me algo. Mas eu, de repente, só pude pensar: meu Deus, como esse homem está magro! Claro, quase nunca tem um bom prato de comida. Aquele pedacinho de pão com mel, Ele mal o tocou... Lembrei-me, então: pombos! Vou cozinhar um pombo para Ele. Mandarei a Mariazinha até o mercado, enquanto Ele descansa um pouco. "Mariazinha", disse, "vem cá, um minuto, até à cozinha". A Maria nem se mexeu, como se fosse surda.

— Não queria deixar a visita sozinha — explicou a senhora Tamar, compreensiva.

— Pois era melhor que estivesse preocupada em ter o que oferecer à visita — respondeu Marta, ríspida. — Esse é um serviço que compete, a nós, mulheres, não é verdade? Bem, quando percebi que a Maria fazia ouvidos de mercador, que estava lá, olhos arregalados, como uma possessa, bem, então... Dona Tamar, nem eu mesmo sei como é que foi, mas tive de dizer... "Senhor", eu disse, "talvez Vos seja indiferente que a minha irmã mais velha não me ajude, permitindo que eu Vos sirva sozinha. Pedi-lhe que me ajude na cozinha!". As palavras me escaparam da boca, assim...

— E Ele, o que disse? — perguntou a senhora Grünfeld. Os olhos brilhantes de Marta encheram-se de lágrimas.

— "Marta! Marta! Andas inquieta e te preocupas com muitas coisas. Entretanto, pouco é necessário ou mesmo uma só coisa; Maria, pois, escolheu a boa parte e esta não lhe será tirada..." Foi mais ou menos isso o que Ele disse, dona Tamar.

Silêncio repentino.

— Foi tudo o que Ele disse? — indagou dona Tamar.

— Que eu saiba, sim — respondeu Marta, enxugando as lágrimas com um gesto desajeitado. — Depois, saí para com-

Histórias apócrifas

prar pombos; o mercado está cheio de ladrões, senhora Grünfeld, e lhe digo mais: assei os pombos e, com os miúdos, ainda preparei uma sopinha para a senhora...

— Sei, sei — disse a senhora Grünfeld. — A senhorita é uma moça muito prendada, Marta.

— Não sou, não — interrompeu-a Marta. — A senhora sabe, pela primeira vez na vida, hoje não assei os pombos direito. Ficaram duros, mas eu... como é que eu vou dizer... tudo me caía das mãos. E eu creio tanto n'Ele, dona Tamar!

— Eu também! — afirmou a senhora Grünfeld, piedosa. — E o que mais Ele disse, Martinha? Do que falou com Maria? O que ensinou a ela?

— Não sei — respondeu Marta. — Eu perguntei à Maria, mas a senhora sabe como ela é distraída... "Nem sei mais", disse ela, "juro que não seria capaz de repetir uma palavra sequer; mas foi uma coisa tão maravilhosa, Marta, e eu fiquei tão feliz...".

— Então, para ela, valeu a pena — reconheceu dona Tamar.

Marta assoou o nariz com força e disse, fungando:

— Bem, senhora Grünfeld, vamos lá; deixe eu trocar o seu nenê...

(1932)

Lázaro

Também até a Betânia chegou a notícia de que o homem da Galileia fora preso e atirado numa masmorra.
Marta, ao saber disso, entrelaçou as mãos, desesperada, e lágrimas correram de seus olhos.
— Vedes? — repetia. — Bem que eu avisei! Por que Ele tinha que ir lá, a Jerusalém? Por que não podia ficar aqui? Ninguém tomaria conhecimento d'Ele... poderia continuar, tranquilo, com a sua atividade de carpinteiro... poderia ter instalado sua oficina aqui, no nosso quintal...
O rosto de Lázaro estava pálido; as faíscas da paixão saltitavam dentro de seus olhos.
— Deixa de bobagens, Marta — disse. — Ele tinha que ir a Jerusalém, tinha que enfrentar aqueles... aqueles fariseus e publicanos, tinha que dizer-lhes tudo, face a face, e como... Vós, mulheres, não entendeis dessas coisas!
— Eu entendo, sim — disse Maria, em voz baixa e extasiada. — Vou confidenciar-vos o que sei que vai acontecer: um milagre! Ele fará um gesto com o dedo, e as portas da masmorra se abrirão... e todos O reconhecerão, cairão de joelhos diante d'Ele, exclamando: "Milagre!".
— Podes esperar sentada! — respondeu Marta, recalcitrante. — Ele nunca foi capaz de tomar conta de si próprio. Nada faz por si próprio, não ajuda a si próprio, a não ser que... — acrescentou, arregalando os olhos — a não ser que outros O ajudem. Talvez esteja esperando que outros vão em Seu socorro... aqueles... aqueles que Ele próprio ajudou... que desembainhem espadas e corram ao Seu encontro.

Histórias apócrifas

— Pois eu creio que será assim — declarou Lázaro. — Meninas, não tenhais dúvidas de que a Judeia inteira está com Ele. Só falta... bem que eu gostaria de ver... Marta, prepara provisões. Vamos a Jerusalém.

Maria levantou-se.

— Eu também vou! Quero ver os portões da masmorra se abrirem para Ele aparecer envolto numa luz divina... Vai ser ótimo, Marta!

Marta ia dizendo alguma coisa, mas engoliu as palavras.

— Ide vós, crianças — concedeu. — Alguém tem de tomar conta da casa, dar de comer às galinhas e às cabras... Vou preparar vossas roupas agora mesmo, e assar umas fogaças. Fico feliz por irdes lá!

* * *

Quando ela voltou, com as faces afogueadas pelas chamas do forno, Lázaro, muito pálido, murmurou preocupado:

— Não estou me sentindo bem, Martinha. Como está o tempo?

— Está ótimo, faz calor — respondeu Marta. — Fareis uma boa viagem.

— Calor, calor — observou Lázaro, descontente. — Mas, lá em cima, em Jerusalém, sempre sopra um vento frio.

— Já separei aquela tua manta quente — tranquilizou-o Marta.

— Aquela manta quente! — queixou-se Lázaro. — Aquela que faz a gente suar, e depois toma um vento gelado, e pronto! O mal está feito! Põe a mão na minha testa. Será que não estou com febre de novo? Sabes como eu detesto ficar doente, Marta, e ainda por cima em viagem, não se pode confiar... Que utilidade eu teria para Ele se chegasse lá alquebrado?

— Não tens febre — animou-o Marta, e logo pensou: Meu Deus! Ele está tão estranho desde que... desde que foi ressuscitado...

— Mas quando... quando fiquei doente, também foi um vento ruim que me pegou — preocupou-se Lázaro. Não falava muito à vontade a respeito de sua morte anterior. — Tu sabes, Martinha, não sou mais o mesmo de antigamente, não sirvo mais para viagens e nervosismos... Naturalmente, viajarei, assim que estes calafrios passarem.

— Eu sei que vais viajar — observou Marta, com um peso no coração. — Alguém precisa ir em Seu socorro. Afinal, tu foste... curado por Ele — acrescentou com receio, porque considerava falta de tato falar a respeito da ressurreição. — Mas, Lázaro, vê bem, tu poderás pedir-Lhe que te ajude, depois que O libertardes... se por acaso ainda não te sentires bem...

— Sabes que tens razão? — suspirou Lázaro. — Mas e se eu nem conseguir chegar lá? Ou se chegar tarde demais? Temos que pensar em todas as possibilidades. A situação em Jerusalém anda tensa. E você não conhece os soldados romanos, menina. Meu Deus, se eu tivesse saúde!

— Mas, Lázaro, tu tens saúde — Marta deixou escapar. — Só podes estar saudável, pois se Ele te curou!

— Saudável! — disse Lázaro, amargurado. — Talvez seja eu quem deve saber isto, se estou com saúde ou não... Posso te dizer apenas que, desde então, não me senti bem um momento sequer... Não que eu não Lhe seja imensamente grato, por... por ter me colocado em pé de novo. Nem penses uma coisa dessas a meu respeito, Marta... Mas alguém que, como eu, chegou a conhecer essa... essa... — Lázaro estremeceu e escondeu o rosto entre as mãos. — Por favor, Marta, deixa-me em paz agora. Devo recuperar-me... uns minutos apenas... certamente vai passar...

Marta tomou o caminho do quintal, em silêncio. Sentou-se e fixou os olhos secos num ponto à sua frente, cruzou as mãos, mas não estava rezando. As galinhas pretas se juntaram diante dela, olhando-a furtivas, e como, contrariando o hábito, não lhes jogou comida alguma, retiraram-se para dormitar à sombra do meio-dia.

Foi nesse instante que Lázaro apareceu à porta da casa, deu alguns passos cambaleantes, rosto mortalmente pálido, batendo os dentes.

— Marta, eu... eu agora não sou... capaz de... — gaguejava. — Adoraria ir... talvez amanhã...

Marta sentiu um nó na garganta.

— Vai deitar, Lázaro, vai — conseguiu dizer Marta, a duras penas. — Não podes... não podes viajar.

— Bem que eu iria — murmurou Lázaro. — Mas se achas que não devo, Martinha... Talvez amanhã... E não vais me deixar sozinho em casa, não é? Que é que eu faria sozinho?

Marta levantou-se.

— Vai, vai deitar — disse com sua habitual voz áspera. — Ficarei aqui contigo.

Nesse mesmo instante, Maria saiu para o quintal, pronta para viajar.

— Então, Lázaro, vamos?

— Lázaro não pode ir a lugar algum — respondeu Marta secamente. — Está se sentindo mal.

— Então, eu vou sozinha, para ver um milagre! — suspirou Maria.

Lágrimas preguiçosas escorreram dos olhos de Lázaro.

— Bem que eu iria, iria de bom grado, se não tivesse tanto medo de... de morrer de novo!

(1932)

Sobre os cinco pães

... Qual é o meu problema com ele? Bem, vou explicar-lhe, vizinho: não é que eu tenha algo contra seus ensinamentos. Não é isso. Certa vez, ouvi-lhe a pregação até o fim e, devo confessar, por pouco não me converti num discípulo dele. Então, ao chegar em casa, disse ao meu primo, àquele seleiro: "Olha, rapaz, tu deverias ouvi-lo, esse sujeito é um verdadeiro profeta. Ele fala muito bem, sem sombra de dúvida; é como se o coração da gente estremecesse". Eu tinha os olhos rasos d'água. Por mim, eu bem que fecharia a minha venda e o seguiria, para nunca mais perdê-lo de vista. Divide tudo o que tens, dizia, e segue-me! Ama o teu próximo, ampara os desamparados, perdoa os teus desafetos, e coisas do gênero. Sou um simples padeiro, mas enquanto o escutava, sentia uma alegria e uma dor singulares, nem eu próprio consigo explicar-lhe: era como se um peso tivesse caído sobre mim, de tal modo que eu teria ajoelhado e chorado. Mas, em vez disso, sabes?, foi como se me tirassem das costas todas as preocupações e toda a cólera. "Olha aqui, sua besta", disse ao meu primo, "poderias afinal tomar vergonha na cara; tu que só sabes falar das tuas mesquinharias: que fulano te deve tanto; que estás farto de pagar dízimos, e juros, e taxas. Farias melhor se desses tudo aos pobres, largasses mulher e filhos, e o seguisses..."
    Tampouco posso censurá-lo por curar os doentes e os possessos. Verdade seja dita, é um poder fantástico e sobrenatural, e todos sabem que nossos médicos são uns embustei-

ros e que os romanos não ficam atrás; arrancam o seu dinheiro, isso bem que eles sabem fazer, mas quando os chama para ver os moribundos, eles dão de ombros e ainda repetem: "Por que não nos chamaram antes?". Como assim, antes!? Minha finada esposa passou dois anos inteiros sofrendo de hemorragia; eu a levei de médico em médico; o senhor, vizinho, nem faz ideia do dinheiro que gastei, e nenhum deles ajudou a coitadinha. Se esse profeta já estivesse peregrinando por nossas cidades, eu teria caído de joelhos diante dele, implorando: "Senhor, cura esta mulher!". E ela, ela teria tocado as vestes dele e estaria curada. Coitadinha, sofreu tanto que nem dá para contar... Como eu disse: só posso elogiá-lo por curar os desvalidos. Claro, esses magarefes gritam contra ele, ficam dizendo que tudo não passa de embuste. Pretendem até proibi-lo de curar as pessoas. É, é assim mesmo, quando há interesses em jogo. Aquele que deseja ajudar as pessoas e quer transformar o mundo sempre acaba tropeçando nos interesses de alguém. Ninguém consegue fazer o bem para todo o mundo ao mesmo tempo. Sempre foi assim. Por isso eu lhe digo: ele que cure quantas pessoas quiser; pode até ressuscitá-las. Mas aquele truque dos cinco pães, aquilo ele não deveria ter feito nunca. Como padeiro estabelecido, devo dizer-lhe que ele cometeu uma grande injustiça contra a classe.

Ah, o senhor ainda não ouviu falar da história dos cinco pães? Eu não me conformo; todos os padeiros estão revoltados com aquilo. Dizem que foi assim: num lugar deserto, ele foi procurado por uma multidão, e curou a todos. De noitinha, os discípulos disseram-lhe: "Este lugar é deserto, e já é muito tarde. Dispensa a multidão, para que as pessoas possam voltar a suas aldeias e possam comprar alimentos para si". Mas ele teria respondido: "Eles não precisam ir embora. Alimentai-os vós". E os discípulos teriam dito: "Mas nós não temos nada mais que cinco pães e dois peixes". E ele teria respondido: "Trazei-mos". E ele ordenou à multidão que se sentasse no chão, apanhou os cinco pães e os dois peixes, lançou o olhar para o céu, abençoou os alimentos, partiu os pães e os deu aos discípulos para que os distribuíssem entre a multidão. Todos comeram e todos saciaram-se. E ainda encheram doze cestos com as migalhas recolhidas. E os que comeram eram cinco mil homens, sem contar mulheres e crianças.

Reconheça, vizinho: nenhum padeiro que se preze pode deixar por isso mesmo; é uma coisa absolutamente inaceitável! Se isso virar um hábito, ou seja, se qualquer um puder alimentar cinco mil pessoas com cinco pães e dois peixes, os padeiros vão todos pastar, concorda? Quanto aos peixes, tanto faz! Afinal, eles se multiplicam por conta própria, dentro da água. Pesca-os quem quer... Mas os padeiros têm que comprar farinha e lenha, que custam um dinheirão; precisam de ajudantes, e têm que pagar-lhes um salário; precisam também de um local, e ainda pagam impostos e outras despesas, e se dão por contentes quando conseguem tirar uns trocados para seu sustento, e não viver de esmolas. E esse homem, ele simplesmente ergue os olhos para o céu e, assim, sem mais nem menos, tem pão para cinco mil pessoas, ou sei lá quantas mais. Não compra farinha, não precisa carregar lenha, não tem despesa nem trabalho algum. Então é claro que ele pode sair por aí distribuindo pão de graça ao povo... E ele nem pensa que com isso está tirando o meio de vida dos padeiros das redondezas! Pois eu lhe digo: isso nada mais é do que concorrência desleal. As autoridades deveriam proibir uma coisa dessas! Se ele quiser virar padeiro, que pague os impostos, como qualquer um de nós. As pessoas já chegam reclamando: "O quê? Não têm vergonha de cobrar esse absurdo por uns pãezinhos miseráveis?! Deviam é distribuir o pão de graça, como ele. E que pão!", continuam, "branquinho, torradinho, cheiroso, que a gente não cansa de comer...". Já fomos obrigados a baixar os preços; estamos trabalhando no prejuízo, palavra, só para não fechar as portas. Mas onde é que vamos parar assim? É de tirar o sono de qualquer um! Por outro lado, andam dizendo que outro dia ele alimentou só quatro mil homens, sem contar mulheres e crianças, desta vez com sete pães e um punhado de peixes, e que as migalhas encheram apenas quatro cestos. Pelo jeito, o negócio dele também já não vai tão bem. Seja como for, está levando todos os padeiros à falência. Se o senhor quer saber, acho que ele tem ódio dos padeiros. Os peixeiros também andam reclamando, mas eles sempre cobraram qualquer coisa por seus peixes; não é um ofício tão honesto quanto o nosso.

Escute, vizinho: eu sou um velho sem ninguém no mundo; não tenho mulher nem filhos; portanto, preciso de muito pouco. Já disse ao meu ajudante que ele pode ficar com meu negócio. Juro que a última coisa que me preocupa é meu lucro. Por mim, eu bem que distribuiria o pouco que tenho para segui-lo, para amar o próximo e fazer tudo o que ele prega. Mas quando penso nas coisas que ele fez contra nós, padeiros, só posso dizer: não, isso não! Como padeiro, vejo que ele não pode redimir o mundo, e sim arruinar o nosso ofício. Lamento, mas isso eu não vou admitir! Não eu!

Obviamente, já apresentamos queixa junto a Ananias e à autoridade local por violação da lei que regula os ofícios e por incitação à desordem. Mas sabe como são as nossas autoridades, até que tomam uma providência... O senhor me conhece, vizinho: sou um homem de boa paz, não quero briga com ninguém. Agora, se esse homem vier aqui, a Jerusalém, eu vou para a rua gritar: Crucifiquem-no! Crucifiquem-no!

(1937)

Ben-Khanan

ANANIAS

Ben-Khanan, o senhor me pergunta se esse homem é culpado? Olhe: eu não o condenei à morte. Apenas o entreguei a Caifás. Ele que lhe diga se o considera culpado. Eu nada tenho a ver com isso.

Sou um velho prático, Ben-Khanan, e dou-lhe a minha opinião com toda a franqueza. Creio até que da pregação desse homem se salvam algumas coisas boas. Ele tinha razão em muitos pontos, Ben-Khanan, e seu intento também pode ser classificado de honesto; a tática que ele utilizou é que era muito ruim. Daquele jeito, nunca poderia ter vencido. Teria feito melhor escrevendo tudo e publicando um livro. As pessoas leriam o livro; concluiriam que a obra é fraca, que o escritor exagera, que não afirma nada de novo e assim por diante, como normalmente acontece com os livros. Mas, passado algum tempo, alguém resolveria escrever sobre um ou outro pensamento seu, uma ou outra constatação; depois viriam outros, e assim, pelo menos, conseguiria deixar alguma coisa. Não todos seus ensinamentos, claro; e qualquer homem sensato nem pode esperar que seja assim. Já se dá por satisfeito quando consegue assentar uma ou duas ideias. É assim que se faz, meu caro Ben-Khanan; não pode ser de outro modo, muito menos quando o que se pretende é consertar o mundo. Para uma tarefa dessa monta, é preciso ter paciência, tato. E o mais importante de tudo, como, aliás, já observei:

uma tática adequada. Que verdade é essa que não conseguimos pôr em prática?

Seu maior erro foi justamente a falta de paciência. Ele queria redimir o mundo assim, num piscar de olhos, mesmo contra a vontade de todos. E isso é impossível, Ben-Khanan. Ele não devia ter buscado seu objetivo de forma tão direta e açodada. A verdade deve ser instilada na opinião pública aos pouquinhos, pingando devagar, um pouco aqui, um pouco ali, para que os homens possam se acostumar a ela. Nunca assim, de uma só vez: divide tudo o que tens, e coisas do gênero. Esse é o pior jeito. Além do mais, ele deveria ter prestado muita mais atenção às coisas que fazia. Por exemplo, quando chicoteou os mercadores no Templo. Ora essa: eles também são bons judeus, e também precisam viver de alguma coisa! Sim, eu sei, eu sei; o Templo não é lugar de mercadores. Mas, desde que o mundo é mundo, eles sempre estiveram lá. Então, para que todo aquele escândalo? Ele poderia ter se queixado ao Sinédrio; seria o caminho correto. Talvez o Sinédrio tivesse mandado os mercadores afastarem um pouco suas bancas. E tudo continuaria na santa paz. Sempre o mais importante é o modo como fazemos as coisas. Aquele que deseja realizar alguma coisa, nunca pode perder a cabeça; deve ter autocontrole, manter a calma. Depois, aquelas reuniões populares... o senhor também sabe, Ben-Khanan, que nenhuma autoridade vê isso com bons olhos! Por outro lado, aquela recepção suntuosa que ele organizou para si mesmo quando entrou em Jerusalém; o senhor nem faz ideia do mal que esse gesto causou. Ele deveria ter vindo a pé, cumprimentar um ou outro, como quem não quer nada; é assim que se deve começar, quando se pretende ganhar influência. Também ouvi dizer que ele se hospedou na casa de um certo publicano. Bom, nisso eu não acredito; acho que ele não teria tamanha falta de tato. O povo é muito maldoso, e logo sai com esse tipo de fofocas. E também não devia ter feito milagres; cedo ou tarde, acabaria mal. Tenha a santa paciência:

ele nunca conseguiria atender a todos, e é claro que quem ficasse sem milagre pegaria raiva dele. Há também aquele caso da adúltera. Isso realmente aconteceu, Ben-Khanan, e foi um tremendo erro de tática. Dizer na cara dos juízes que eles não são infalíveis? Tenha dó, como poderia haver justiça no mundo, assim? Só lhe digo uma coisa: ele cometeu um erro atrás do outro. Devia ter ensinado apenas, sem partir para a ação. Não devia ter tomado sua própria pregação tão ao pé da letra, nem ter tentado colocá-la em prática, assim, da noite para o dia. Fez tudo errado, meu caro Ben-Khanan. Cá entre nós, ele podia ter razão em muita coisa; mas sua tática era equivocada. Logo, só podia acabar assim.

Não adianta quebrar a cabeça, Ben-Khanan; tudo está em perfeita ordem. Foi um homem justo. Mas se pretendia salvar o mundo, não podia ser tão radical. O quê? Se o julgamento dele foi justo? Ora, faça-me o favor! Que pergunta! Eu já lhe disse que, obviamente, com essa tática, ele só podia acabar mal!

CAIFÁS

Sente-se, meu caro Ben-Khanan. Estou à sua inteira disposição. Então, o senhor quer saber se, na minha opinião, aquele homem foi crucificado de maneira justa? A questão é simples, meu caro senhor. Em primeiro lugar, nós nada temos a ver com o caso; não fomos nós que o condenamos à morte. Simplesmente agimos a serviço do poder romano, não é? Por que deveríamos assumir qualquer culpa então? Se a condenação dele foi justa, então está tudo em ordem; se, ao contrário, a condenação foi injusta, a culpa é dos romanos; nada mais podemos fazer senão culpá-los. Assim é que são as coisas, meu caro Ben-Khanan. Questões como essa devem ser examinadas politicamente. Eu, pelo menos, na qualidade de Sumo Sacerdote, devo avaliar as implicações de cada acontecimento. Pense bem, meu caro amigo: os romanos nos livraram de um homem que... como é mesmo que se diz?... que, sob certos aspectos, era para nós indesejável. Ao mesmo tempo, a responsabilidade recai sobre eles próprios...

Como? O senhor me pergunta por que motivo ele era indesejável? Ben-Khanan, Ben-Khanan, parece que a juventude de hoje não tem suficiente consciência patriótica. Então o senhor não compreende o quanto nos é prejudicial qualquer ataque às autoridades constituídas, aos fariseus e aos juízes? O que os romanos pensariam de nós? Ora, isso destruiria o sentimento nacional do nosso povo! Por outro lado, nós, por razões patrióticas, devemos prestigiar aquelas personalidades, se desejamos livrar nossa nação de influências estrangeiras! Aquele que despojar Israel de sua crença, encarnada nos fariseus, está fazendo o jogo dos romanos. Nós, de mais a mais, conduzimos a coisa toda de tal maneira que foram os romanos que acabaram com ele: isso é que se chama política, meu caro Ben-Khanan. E agora ainda aparecem uns desocupados que não têm nada melhor a fazer senão sair por aí perguntando se o elemento foi executado justa ou injustamente! Meu caro jovem, guarde bem o que vou lhe dizer: os interesses da pátria estão acima de qualquer justiça! Sei, melhor do que qualquer outro, que os nossos fariseus não estão isentos de culpa; cá entre nós, são todos uns boquirrotos e ladrões impenitentes; mas não podemos permitir, em hipótese alguma, que alguém menospreze sua autoridade! Sei, Ben-Khanan, que o senhor foi discípulo dele; o senhor apreciava seus ensinamentos, que devemos amar o próximo e os nossos inimigos, e outras coisas do gênero. Mas, diga-me uma coisa: no que isso tudo pode nos ajudar, a nós, judeus?

E mais uma coisa: ele não deveria ter dito que veio salvar o mundo, nem que ele é o Messias, o filho de Deus, e sei lá mais o quê. Todos sabemos muito bem que ele nasceu em Nazaré. Então, me diga, que espécie de salvador pode ser esse? Ainda há quem se lembre dele como o filho do carpinteiro. E é esse o homem que pretende consertar o mundo! Ah, é? E o que mais? Eu sou um bom judeu, Ben-Khanan, mas ninguém vai me fazer acreditar que um dos nossos é capaz de salvar o mundo. Estaríamos exagerando o nosso valor, filho. Se fosse um romano, um egípcio, quem sabe; mas um judeuzinho da Galileia! Ora, isso é uma piada! Ele que conte para os outros que veio salvar o mundo, mas não para nós, Ben-Khanan. Para nós, não! Para nós, não!

(1934)

A crucificação

E Pilatos mandou chamar Naum, homem culto e versado em História. E dirigiu-se a ele nos seguintes termos:

— Naum, muito me desagrada ver que o teu povo meteu na cabeça que se deve crucificar aquele homem. Que um raio vos parta! Trata-se de uma evidente injustiça!

— Se não houvesse injustiças, nem existiria a História — respondeu Naum.

— Não tenho nada a ver com isso — declarou Pilatos. — Dize-lhes que reconsiderem o caso.

— Agora é tarde — afirmou Naum. — Eu, em verdade, estou acompanhando o caso apenas através dos livros e, por isso mesmo, não fui lá espiar o local da execução. Mas a minha arrumadeira veio e contou-me que ele já foi crucificado, e ele está lá pendurado, entre o homem da direita e o homem da esquerda.

O semblante de Pilatos anuviou-se. Escondeu a face entre as mãos. Pouco tempo depois, pronunciou-se:

— Bem, então não falemos mais sobre o caso. Mas, dize, por favor: qual foi o crime do homem da direita, e do homem da esquerda?

— Eu mesmo não sei — respondeu Naum. — Uns dizem que ambos são criminosos; outros acham que são uma espécie de pregadores. Olhando as coisas da perspectiva histórica, creio que estavam envolvidos em algum assunto político. A única coisa que não consigo entender é que o povo tenha crucificado os dois ao mesmo tempo.

— Não te compreendo — observou Pilatos.
— É o seguinte — explicou Naum —, ora as pessoas crucificam o da direita, ora o da esquerda. Sempre foi assim na História. Cada época teve os seus mártires. Há períodos em que atiram à masmorra ou crucificam aquele que lutou pela pátria; em outros momentos, é a vez dos que anunciam que se deve lutar pelo bem-estar dos pobres e dos escravos. Esses dois tipos se revezam, e cada um tem seu próprio período.
— Ah! — ponderou Pilatos. — Então pregais na cruz a todos que têm intenções boas e honestas?
— É mais ou menos isso — concordou Naum. — Mas há um porém. Às vezes tem-se a impressão de que o povo se assanha mais contra os pregadores do que contra as coisas que eles pregam. As pessoas são sempre crucificadas por algo belo e grandioso. Quem está lá, pendurado na cruz, sacrificou a vida por uma grande causa. Mas quem o conduziu até à cruz e lá o pendurou, esse, Pilatos, é mau e safado; até o seu aspecto é horrível e nauseabundo. Sim, Pilatos, o povo é uma coisa grandiosa e bela.
— Sim, como o nosso povo, o romano — disse Pilatos.
— E o nosso também — observou Naum. — Mas a justiça para os pobres também é uma coisa grandiosa e bela. Só que as pessoas podem se sufocar de ódio, de raiva, por todas essas coisas grandiosas e belas. E os demais, ora estão do lado destes, ora do lado daqueles; e sempre acabam ajudando a crucificar aquele cuja vez chegou. Talvez observem as coisas, assim, de longe, pensando: bem feito! Por que não ficou do nosso lado?
— Mas, então, por que crucificaram aquele, o do meio? — indagou Pilatos.
— Bem, é o seguinte: se o da esquerda estiver por cima, irá crucificar o da direita; mas, antes de tudo, crucificará o do centro — respondeu Naum. — Se o da direita vencer, crucificará o da esquerda; mas, antes de tudo, crucificará o do centro. Pode ser, também, que as coisas se compliquem e haja lu-

ta. Nesse caso, o da direita e o da esquerda irão crucificar o do centro, porque este não se decidiu com qual dos dois deveria ficar. Se subisses ao telhado da tua casa, poderias lançar o olhar até Hakeldamá:[9] à direita, o ódio; à esquerda, o ódio; ao centro, aquele que desejou consertar o mundo com amor e compreensão. Bem, pelo menos, é isso que se diz a respeito dele. Poderias ver, ainda, um punhado de pessoas assistindo a tudo, enquanto devoram o almoço, que previdentemente carregaram até lá. O céu está ficando escuro; agora, todos eles deverão correr para casa para não molhar as vestes.

À sexta hora, a escuridão cobriu a terra e não se dissipou até à nona hora. À nona hora, aquele que estava pregado na cruz do centro gritou a plenos pulmões: "*Elohim, Elohim! Lama sabactâni?*".[10] E então o véu do Templo se rasgou de cima a baixo, a terra estremeceu e os rochedos estouraram.

(1932)

---

[9] Em aramaico, "Campo de sangue", como era conhecido o cemitério dos estrangeiros em Jerusalém, onde, segundo o Evangelho de Mateus, Judas recebeu as trinta moedas em troca da delação de Jesus. (N. da E.)

[10] "Deus, Deus! Por que me desamparaste?", em aramaico. (N. da E.)

A noite de Pilatos

Naquela noite, Pilatos jantava com seu ajudante de ordens e com Susa, um jovem tenente oriundo de Cirenaica. Susa mal percebera que, então, contrariando seu hábito, o governante estava muito calado. E Susa tagarelava alegremente, contando anedotas sobre o primeiro terremoto que presenciara na vida.

— Foi uma perfeita comédia — berrava entre um bocado e outro. — Quando escureceu, depois do almoço, corri para a rua para ver o que estava acontecendo, afinal de contas. Na escadaria, tive a sensação de que as minhas pernas estavam adormecendo ou escorregando. Garanto que foi muito engraçado. Palavra, Excelência, desde que me conheço por gente, nunca imaginei que um terremoto era assim. Antes que eu pudesse chegar à esquina, os civis já estavam correndo em minha direção, olhos arregalados, gritando como doidos: "As sepulturas vão se abrir, os rochedos vão rebentar!". Com os diabos, pensei, vai ver que é um terremoto! Rapaz, disse a mim mesmo, você tem uma sorte danada! Um fenômeno tão raro da natureza, não é mesmo?

Pilatos meneou a cabeça.

— Já presenciei um terremoto na Cilícia, lá se vão uns dezessete anos. Mas a coisa, então, foi bem mais séria.

— Bem, então podemos dizer que desta vez não houve nada — exclamou Susa, sem pensar. — No caminho que leva a Hakeldamá, desprendeu-se um pedaço de rochedo. Sim, e alguns túmulos se abriram no cemitério. Muito me admira que, neste país, cavem sepulturas tão rasas; não chegam a ter nem um côvado. No verão, deve ser uma fedentina...

— É o costume local — resmungou Pilatos. — Na Pérsia, por exemplo, eles nem enterram os mortos: estendem o cadáver ao sol, e pronto.

— Meu senhor, isso deveria ser proibido! — objetou Susa. — Por razões de saúde pública etc.

— Proibir! — murmurou Pilatos. — Com isso, não farias outra coisa senão dar ordens e proibir-lhes alguma coisa, o tempo todo. Essa não é uma boa política, Susa. Não devemos intrometer-nos nas coisas deles; assim, pelo menos, eles ficam quietos. Se querem viver como selvagens, pois bem, que seja feita a sua vontade. E olha, Susa, que eu já andei por muitos países...

— Gostaria de saber como é que surge um terremoto desses — voltou Susa ao objeto de sua curiosidade momentânea. — Digamos que existem buracos embaixo da terra que, de uma hora para outra, desabam. Está certo; isso eu até consigo entender. Mas por que o céu escurece? Minha inteligência não alcança. Pela manhã, o céu ainda estava claro...

— Peço-lhes perdão — manifestou-se o velho Papadokitis, um grego do Dodecaneso que servia à mesa. — Já ontem à noite era possível ver que alguma coisa estava se preparando. O pôr do sol estava extraordinariamente rubro. Eu disse à minha cozinheira: "Miriam, amanhã teremos tempestade ou ciclone". E Miriam respondeu: "E eu estou com dor nas costas". Já era de esperar que o tempo virasse. Peço-lhes que me perdoem, novamente.

— Já era de esperar — repetiu Pilatos, cismado. — Sabes, Susa? Eu também achava que alguma coisa ia acontecer hoje. Aliás, desde a manhã de hoje, quando lhes entreguei aquele homem de Nazaré... precisei entregá-lo porque, segundo o conceito romano de política, não devemos nos intrometer nos assuntos internos dos nativos. Guarda bem isso, Susa: quanto menos as pessoas se relacionarem com o poder do

Estado, mais facilmente elas poderão suportá-lo... Por Júpiter! Onde foi que eu parei?

— Naquele nazareno — socorreu-o Susa.

— Ah, sim, o nazareno! Sabes, Susa, interessei-me um pouco por ele. Nasceu em Belém. Creio que os nativos de fato cometeram um crime contra ele. Mas, seja como for, é um assunto deles. Se não lhes entregasse aquele nazareno, iriam crucificá-lo da mesma forma; a única diferença é que, nesse caso, a autoridade romana ficaria abalada. Mas espera: isso não tem nada a ver com a história. Ananias disse que ele era um homem perigoso; quando nasceu, os pastores de Belém acorreram a ele e lhe renderam homenagens, como se fosse um rei! Há pouco, aqui mesmo, receberam-no em triunfo, como se fosse um comandante vitorioso. Isso não entra na minha cabeça, Susa. Em verdade, eu esperava que...

— Esperava o quê? — indagou Susa, após um longo silêncio.

— Que os habitantes de Belém viessem para cá. Que não o deixassem cair nas garras destes intrigantes de Jerusalém. Que me procurassem e dissessem: "Senhor, ele é um dos nossos e, portanto, zelamos por ele; viemos comunicar-lhe que estamos com ele e não permitiremos que se cometa uma injustiça contra ele". Susa, realmente eu teria ficado contente com aqueles montanheses. Eu já estou por aqui desses insolentes e rábulas... Eu teria dito: "Que Deus esteja convosco, homens de Belém; já vos esperava. Por causa dele e por causa de vosso país também. Não se pode governar marionetes; somente é possível governar homens, mas não esses linguarudos... Homens como vós serão os soldados que não se rendem; homens do vosso quilate é que constituem os povos e as nações. Ouvi dizer que esse vosso patrício ressuscita os mortos. Mas, por favor, o que faríamos nós com tanta gente? Mas vós estais aqui, e vejo que esse homem é capaz de ressuscitar os vivos também; que ele conseguiu inculcar-vos alguma coisa semelhante à lealdade e à honra. É o que nós, romanos, chamamos *virtus*; nem sei como se diz isso em vossa língua, homens de Belém, mas isso está dentro de vós. Creio que esse vosso homem ainda será capaz de fazer algo. Seria uma pena por ele."

Pilatos calou-se e recolheu, metodicamente, as migalhas da mesa.

— Mas não vieram — resmungou. — Ó, Susa, que coisa mais inútil é governar!

(1932)

O credo de Pilatos

Respondeu Jesus: Eu para isso nasci e para isso vim ao mundo, a fim de dar testemunho da verdade. Todo aquele que é da verdade ouve a minha voz.
Perguntou-lhe Pilatos: Que é a verdade? Tendo dito isto, voltou aos judeus e lhes disse: Eu não acho nele crime algum.

(Evangelho de João, 18: 37-38)

À noite, um homem respeitado da cidade, chamado José de Arimateia, que também era discípulo de Jesus, dirigiu-se a Pilatos e pediu-lhe que entregasse o corpo de Jesus. Pilatos concordou e disse:
— Executaram-no inocente.
— Tu mesmo o entregaste à morte — protestou José.
— Sim, entreguei-o — respondeu Pilatos. — Ainda por cima, as pessoas pensam que o fiz por medo desses tagarelas e do Barrabás deles. Bastaria mandar cinco soldados contra eles, e teriam se calado logo. Mas não se trata disso, José de Arimateia... De fato, não se trata disso — prosseguiu logo depois. — Mas quando falei com ele, percebi que, depois de algum tempo, seriam seus discípulos que crucificariam os outros: em nome dele, em nome de sua verdade, seriam capazes de crucificar e torturar, matar todas as outras verdades e colocariam sobre os ombros outros barrabases. Esse homem falava sobre a verdade. Que é a verdade? Sois um povo estranho, muito falacioso. Tendes lá os vossos fariseus, profetas, salvadores e membros de outras seitas. Sempre que al-

guém proclama uma verdade, proíbe todas as demais. É como se um carpinteiro que fabrica uma cadeira nova proibisse às pessoas que se sentassem sobre outras cadeiras, que outros fabricaram antes dele. Como se a fabricação de uma cadeira nova destruísse todas as cadeiras velhas. Enfim, pode ser que a cadeira nova seja melhor, mais bonita e mais confortável que as demais; mas, por favor, por que é que um homem cansado não poderia sentar-se sobre uma cadeira miserável, roída pelos cupins ou até mesmo feita de pedra? Cansado e alquebrado, ele necessita de descanso; mas vós, à força, quereis arrancá-lo da cadeira em que se acomodou para fazê-lo sentar-se sobre aquela vossa cadeira. Não consigo compreender-vos, José.

— A verdade — protestou José — não se assemelha às cadeiras e ao descanso. Mais se parece com uma ordem que determina: vai ali ou acolá, faze isso ou aquilo; vence o inimigo, ocupa esse lugar, pune a traição, e assim por diante. Quem não obedece a essa ordem, é um inimigo e um traidor. É assim com a verdade.

— Ora, José — pronunciou-se Pilatos. — Bem sabes que sou um soldado e passei a maior parte da vida entre soldados. Sempre obedeci ordens, mas não porque visse nelas a verdade. A verdade era que eu estava cansado ou com sede, que desejava voltar para casa junto de minha mãe ou que eu aspirava obter a glória, ou que um soldado qualquer estivesse pensando na própria mulher e o outro, em suas terras ou cavalos. A verdade era que, sem uma ordem, soldado algum assassinaria outros homens, também cansados e infelizes. Portanto, que é a verdade? Creio, ao menos, que sigo a verdade quando penso nos soldados, e não nas ordens.

— A verdade não é a ordem do comandante — respondeu José de Arimateia —, mas a ordem da razão. Olha para esta coluna branca; se eu afirmasse que é negra, minhas palavras estariam contrariando a tua compreensão, e não poderias suportar isso.

— E por que não? — disse Pilatos. — Pensaria que és um infeliz e melancólico, que enxerga na coluna branca uma coluna negra; tentaria alegrar-te; sem dúvida, interessar-me-ia mais por ti do que antes. E se se tratasse de simples engano, diria a mim mesmo que em teu engano existe o mesmo tanto de tua alma quanto em tua verdade.

— A minha verdade não existe — protestou José de Arimateia. — Existe apenas uma verdade, para todos.

— E qual é essa verdade?

— Aquela em que creio.

— Vês?! — disse Pilatos lentamente. — Portanto, é a tua verdade. Pareceis crianças, que acreditam que o mundo se reduz aos limites do olhar e que além disso não existe nada mais. O mundo é grande, José, e muitas coisas cabem nele. Creio que muita verdade pode caber dentro da realidade. Vê só: sou um estrangeiro neste país, e a minha pátria está longe do alcance do meu olhar; ainda assim, não diria que este país é errado. De modo semelhante, os ensinamentos desse vosso Jesus são estranhos para mim; devo dizer a meu próprio respeito que estou errado? Creio, José, que cada país, tomado por si, é correto; mas o mundo deve ser incomensuravelmente amplo para que tudo possa caber nele, lado a lado, uma coisa após outra. Se colocássemos a Arábia no lugar do Ponto, naturalmente isso seria errado. Isso aplica-se também às verdades. Deveríamos criar um mundo grande, amplo e livre o bastante para que nele pudessem caber todas as verdades efetivas. E eu, José, acredito que o mundo seja exatamente assim. Se subires no alto de uma montanha, verás que as coisas se fundem, que se igualam contra a superfície. Vistas de certa altura, as verdades também se fundem. É claro que os homens não vivem, nem podem fazê-lo, no alto de uma montanha; basta que vejam sua casa ou sua terra de perto, para que ambas estejam repletas de verdades e de coisas; e aí estão o verdadeiro lugar e a verdadeira tarefa dos homens. Mas, de vez em quando, os homens podem levantar os olhos para o céu ou para as montanhas e pensar que suas verdades, vistas lá do alto, existem e nada lhes faltará, se se fundirem contra uma superfície muito mais livre e que já não é sua propriedade. Assumir essa visão distante e continuar lavrando a própria terra, José, assemelha-se à devoção. Acredito que o Pai do Céu daquele homem realmente existe em algum lugar, mas que ele pode conviver muito bem com Apolo e com os demais deuses. Vê só: são inimagináveis os lugares do céu. Alegra-me que o Pai do Céu esteja lá também.

— Não és quente nem frio; apenas morno — respondeu José de Arimateia, levantando-se.

— Não sou, não — disse Pilatos. — Eu creio, creio ardentemente na existência da verdade e creio que o homem é capaz de conhecê-la. Seria uma loucura imaginar que existe somente uma verdade, que não é dado ao homem conhecer. O homem a conhece, sim; mas que homem? Tu ou eu, ou, quem sabe, todos? Eu creio que todos a reconhecem, todos a partilham, incluídos os que dizem sim e os que dizem não. Se estes dois se unissem, seriam capazes de compreender-se mutuamente e, talvez, a verdade completa nasceria de ambos. Não se pode unir o sim e o não; mas os homens sempre podem dar-se as mãos; há mais verdades nos homens que nas palavras. Preocupam-me mais os homens que suas verdades. E isso também encerra um credo, José de Arimateia; para isso também são necessários uma alma e um entusiasmo. Eu creio. Creio, sim, de modo absoluto e sem dúvida alguma. Mas que é a verdade?

(1920)

O imperador Diocleciano

Esta história surtiria muito mais efeito, não resta dúvida, se a heroína fosse a filha de Diocleciano, ou outra personagem jovem e virginal. Entretanto, para corresponder à verdade histórica, no centro dos acontecimentos está a irmã mais velha de Diocleciano, uma matrona idosa e respeitável que, segundo a opinião do imperador, talvez seja um pouco histérica e exaltada, e da qual, devemos ainda reconhecer, o tirano envelhecido tem certo receio. Assim, quando ela se fez anunciar, o imperador imediatamente interrompeu a audiência com o governador da Cirenaica (a quem expressava sua contrariedade com palavras fortes) e foi recebê-la à porta.

— Então, Antônia, quais as novidades? — perguntou em tom jovial. — O que temos? Mais algum protegido? Ou queres que interceda em favor dos animais sacrificados no circo? Ou, quem sabe, devemos ocupar-nos da educação moral dos legionários? Vamos lá, dize, dize, mas senta-te, senta-te.

Antônia, contudo, ficou em pé.

— Diocleciano — disse em tom formal —, preciso dizer-te algo.

— Ah, é?! — observou o imperador, resignado, coçando a nuca. — Por Júpiter! Hoje eu tenho tanto serviço! Não poderias esperar um pouco?

— Diocleciano — prosseguiu a irmã, impassível. — Vim porque preciso comunicar-te: deves pôr fim à perseguição aos cristãos.

— Ora, faz favor... — resmungou o velho imperador. — Assim, de supetão... ou daqui a trezentos anos... — Ele observava atento a matrona excitada; o semblante grave, os dedos deformados pela gota, davam-lhe uma expressão resoluta. — Está bem — apressou-se Diocleciano. — Podemos falar a esse respeito. Mas, antes de mais nada, faz o favor de sentar-te.

Antônia obedeceu involuntariamente, e tomou assento na ponta da cadeira. Assim, desapareceu de seu semblante aquela resolução guerreira; a sua figura diminuiu, se enfraqueceu mesmo; os lábios finos formaram um gesto de choro.

— Aquelas pessoas são tão santas, Diocleciano — disse, enfim... — e creem de uma maneira tão maravilhosa... Sei que, se pudesses conhecê-los... Diocleciano, tens que conhecê-los. Vais ver que... que terás uma opinião completamente diferente a seu respeito...

— Bem, a verdade é que eu não tenho uma opinião negativa a respeito deles — protestou Diocleciano, mansamente. — Sei muito bem que tudo o que dizem deles não passa de fofoca e injúria. Foram os nossos áugures que inventaram tudo, tu sabes, por inveja profissional e outras coisas do gênero. Examinei o caso e concluí que esses cristãos são pessoas bastante corretas. São extremamente decentes e abnegados.

— Então, por que os persegues de modo tão inclemente? — indagou Antônia, aterrorizada.

Diocleciano franziu a testa.

— Por quê? Ora, faz favor, Antônia! Isso lá é pergunta que se faça? Eles sempre foram perseguidos, não é mesmo? E apesar de tudo, mal notamos a redução de seu número. Há muito exagero em toda essa conversa sobre as perseguições. É claro que, vez por outra, é preciso punir alguns deles, assim, de maneira exemplar...

— Por quê? — tornou a perguntar a matrona.

— Por razões políticas — explicou o velho imperador. — Presta atenção, minha querida; eu poderia arrolar aqui dúzias de argumentos. Por exemplo: é uma exigência do povo. *Pro primo*, desvia-lhe a atenção de outras coisas. *Pro secundo*, desperta nele a consciência aguda de que se governa com mão de ferro. E, *pro tertio*, trata-se de um costume popular entre nós. Posso dizer-te que nenhum governante responsável e consciente mexeria, assim, à toa, em algo que se tornou um costume nacional. Essas coisas só fazem semear incertezas e, poderia acrescentar, revoltas e confusões. Vê só, minha cara, desde que estou no trono, introduzi mais novidades do que qualquer outro. De certo modo, havia necessidade. O que não foi necessário, eu não fiz.

— Mas a justiça, Diocleciano — disse Antônia calmamente —, finalmente deve-se fazer justiça. Eu só te peço justiça.

Diocleciano deu de ombros.

— Perseguir os cristãos é justo, porque está de acordo com as leis vigentes. Sei o que dirás: bem que eu podia revogar essas leis. Sim, poderia revogá-las; mas não o farei. Querida Tônia, guarda bem isto: *minima non curat praetor*.[11] Eu não posso ocupar-me de pormenores desse tipo. Pensa que sobre os meus ombros pesa a administração do império inteiro; e bem sabes, minha cara, que eu também mudei essa administração. Reformei a Constituição, alterei o Senado, centralizei a administração, reorganizei a burocracia toda; redefini a fronteira das províncias, regulamentei-lhes a administração; são todas coisas que precisavam ser feitas em nome do interesse da nação. Tu és mulher, não entendes dessas coisas. Mas as tarefas mais importantes do estadista são exatamente os atos administrativos. Dize tu mesma: por exemplo, o que significam os teus cristãos comparados à necessidade de fiscalizar as finanças públicas? Bobagens, são bobagens...

---

[11] Expressão latina que quer dizer: "o pretor [magistrado romano] não se ocupa de questões menores". (N. da E.)

— Mas Diocleciano, mesmo assim, poderias fazer isso sem dificuldades — suspirou Antônia.

— Poderia e não poderia — disparou o imperador, decidido. — Eu pus o império inteiro sob novas normas administrativas, e o povo, posso dizer-te, mal se deu por achado. Isso porque não mexi nos seus costumes. Quando lhe entrego aquele punhado de cristãos, o povo tem o sentimento de que tudo continua como antigamente, e me deixa em paz. Minha querida, um estadista deve ter consciência dos limites das reformas que pode introduzir. É isso!

— Então é só porque... só porque desejas que esses vagabundos e tagarelas te deixem em paz! — disse a matrona, azeda.

Diocleciano fez uma careta.

— Se você quer assim, que seja. Mas deixa-me dizer-te uma coisa: eu li os livros dos teus cristãos, e meditei um pouco sobre eles.

— E que mal encontraste nesses livros? — devolveu Antônia.

— Que mal? — O imperador ficou meditando. — Ao contrário, existe algo... amor, e outras coisas... por exemplo, a renúncia aos bens terrenos... Enfim, são belos ideais, e se eu não fosse imperador... Tu sabes, Tônia, que algumas coisas nos seus ensinamentos me agradam ao extremo. Se eu tivesse um pouco mais de tempo livre... e pudesse também pensar em minha alma... — O imperador deu um murro exaltado na mesa. — Mas tudo isso é um absurdo! Do ponto de vista político, é completamente impossível. Irrealizável! Podes acaso criar o país de Deus? Como ele seria administrado? Com amor? Com o verbo divino? Ora, eu conheço bem as pessoas, ou será que não? Do ponto de vista político, esses ensinamentos são tão ingênuos e tão irrealizáveis que... que devem ser punidos.

— Mas, em verdade, eles não se ocupam de política alguma — saiu Antônia em defesa dos cristãos. — E seus livros santos não fazem nenhuma menção à política.

— Para um estadista tarimbado, como eu — pronunciou-se Diocleciano —, tudo é política. Tudo possui um significado político. Todos os pensamentos devem ser encarados do ponto de vista político; como eles poderiam ser concretizados, o que deles pode ser aproveitado, quais seriam seus resultados, suas consequências. Durante longos dias e longas noites, quebrei a cabeça sobre o seguinte: como seria possível concretizar, politicamente, os ensinamentos cristãos? E percebi que a coisa toda é inviável. Posso dizer-te que esse Estado cristão não duraria mais de um mês. Ora, por favor: seria possível organizar um exército à maneira cristã? Seria possível coletar impostos à maneira cristã? Poderiam existir escravos numa sociedade cristã? Tenho as minhas próprias experiências, Tônia; seria impossível governar, com base nos preceitos cristãos, por um mês ou por um ano. É por isso que o cristianismo nunca chegará a deitar raízes. Poderá permanecer como religião de escravos e artesãos, mas nunca, nunca poderá tornar-se religião de Estado. Isso está fora de cogitação. Tu sabes, os pontos de vista deles a respeito da fortuna, do amor ao próximo, a condenação de toda a violência, e assim por diante, tudo isso é muito bonito, mas impossível na prática; não serve para a vida real, Tônia. Agora, dize-me: o que eu devo fazer com eles?

— Pode ser que seus princípios sejam irrealizáveis — sussurrou Antônia —, mas isso ainda não os torna culpados.

— Culpado é todo aquele que prejudica o Estado! — sentenciou o imperador. — E o cristianismo abalaria o poder soberano do Estado. Isso não pode acontecer. Minha querida, o poder supremo deve estar neste mundo, não num outro. Se te digo que a nação cristã é conceitualmente impossível, isso significa, do ponto de vista lógico, que o Estado não pode tolerar o cristianismo. Um político responsável deve agir, de modo consciente, contra os sonhos insanos e irrealizáveis. De mais a mais, todo esse cristianismo não passa de uma fantasia de loucos e escravos...

Antônia levantou-se. Respirava ofegante.

— Diocleciano, quero que saibas: eu também me tornei cristã!

— Não digas! — surpreendeu-se um pouco o imperador. — Está certo, e por que não? Como já disse, reconheço que há alguma coisa naquilo; tudo bem, desde que seja mantida como uma coisa tua, pessoal... Não quero que penses, Tônia, que não compreendo essas coisas. Eu também queria voltar a ser uma simples alma humana; sim, Tônia, bem que eu largaria o império, a política, e tudo o mais... Mas, antes disso, preciso terminar a reforma administrativa do império e outras coisas do gênero. Depois, sim, eu teria muito gosto em me mudar para o interior... para estudar Platão, Cristo, Marco Aurélio... e aquele Paulo deles... como é mesmo que se chama? Mas agora deves desculpar-me: tenho uma importante reunião política.

(1932)

Átila

Pela manhã, chegou um mensageiro vindo das bordas da floresta para anunciar que, a sudeste, durante a noite, um incêndio tingira o céu de rubro. Naquele dia voltara a chuviscar, e a lenha úmida negava-se a arder. Entre a multidão escondida na clareira, três morreram de disenteria. A comida também acabara e, por isso, dois homens foram procurar os pastores que viviam além da floresta. Voltaram no fim da tarde, molhados até os ossos e exaustos, e a duras penas conseguiram relatar a situação: as ovelhas estavam morrendo, as vacas estavam inchadas; os pastores os atacaram com facas e porretes, quando um deles tentou trazer um novilho que haviam deixado aos cuidados daqueles antes de se refugiarem na floresta.

— Oremos — disse o padre, também atacado de disenteria. — O Senhor haverá de compadecer-se de nós.

— *Kyrie eleison!*[12] — ecoou a multidão.

Nesse exato momento, rebentou uma briga entre as mulheres, por causa de um lenço de lã.

— Que foi agora, malditas bruxas? — gritou o alcaide, sacando o chicote para dar nas mulheres. Com isso dissipou-se a tensão, e os homens começaram a sentir-se homens novamente.

— Aqueles bebedores de leite de égua não conseguirão

---

[12] "Piedade, Senhor!", em grego. (N. da E.)

chegar até aqui! — declarou um barbudo. — Nesta clareira, no meio desta espessura... Dizem que vêm montados em cavalos mirrados, pequenos como cabras.

— Eu penso, e não sou o único, que deveríamos ter ficado na cidade — objetou um homenzinho exaltado. — Pagamos muito caro por aquelas muralhas... Com a dinheirama que gastamos na fortificação, nem os raios poderiam derrubá-la, não credes?

— Mas claro! — ironizou um donzel tísico. — Com aquele dinheiro todo, poderíamos ter uma muralha de bolo. Vai lá, dá-lhe uma boa mordida... muitos poderão se fartar, meu bom homem; quem sabe até sobra um pouco para ti...

O alcaide bufou ameaçador: semelhante conversa não tinha cabimento numa hora como aquela.

— Eu penso, ainda — prosseguiu o cidadão revoltado —, que a cavalaria pouco poderia fazer diante das nossas muralhas. Deveríamos ter fechado os portões, e pronto! Agora poderíamos perfeitamente estar a salvo.

— Volta para cidade, então, e enfia-te na tua cama — aconselhou o barbudo.

— E o que eu faria lá, sozinho? — ralhou o iracundo homenzinho. — Digo apenas que deveríamos ter ficado na cidade para nos defender... E tenho todo o direito de afirmar que isso foi um erro! Quanto dinheiro não enterramos naquelas muralhas? E agora vêm nos dizer que não servem para nada? Ora, por favor!

— Agora, seja como for — observou o padre —, devemos confiar na Divina Providência. Meus bons homens, Átila não passa de um pagão...

— O flagelo de Deus! — soltou o monge, tremendo seus calafrios. — O castigo de Deus!

Os homens silenciaram. Aquele monge febril aproveitava qualquer oportunidade para repreendê-los, embora nem pertencesse à freguesia. "Para que temos um padre, então?", perguntavam-se. "Ele é um dos nossos, está sempre do nosso lado e não vive censurando nossos pecados. Até parece que cometemos tantos assim...", pensavam irritados.

A chuva parou. Mas as gotas pesadas ainda encharcavam as copas das árvores.

— Meu Deus, meu Deus — gemia o padre, padecendo sua doença.

À noite, os sentinelas levaram um rapazinho esfalfado para dentro do acampamento. Dizia que fugira do leste, da área invadida.

O alcaide inflou-se todo e começou a interrogar o fugitivo. Era evidente que aquele assunto oficial deveria ser conduzido com a devida severidade. Sim, dizia o rapaz, os hunos estavam a apenas onze milhas dali e avançam sem parar, ainda que vagarosamente; invadiram sua aldeia também, ele os vira. Não, Átila não estava entre eles... O comandante era um outro, um gorducho. Se eles atearam fogo nas casas? Não, não; aquele comandante dera ordem para que não molestassem a população civil, mas a cidade deveria fornecer-lhes comida, provisões e outras coisas. Afirmara, ainda, que a população deveria evitar qualquer atitude hostil em relação aos hunos, porque, nesse caso, as represálias seriam muito drásticas.

— Mas aqueles pagãos assassinam mulheres e crianças... — garantiu o barbudo.

O rapaz disse que não era bem assim. Na aldeia dele, pelo menos, não acontecera nada disso. Ele mesmo se escondera num monte de feno, mas, quando a sua mãezinha lhe disse que os hunos iriam levar os jovens para serem vaqueiros, fugira durante a noite. Isso era tudo o que sabia.

Os homens não se davam por satisfeitos.

— É fato bem conhecido — declarou um deles — que eles cortam as mãos dos recém-nascidos, e o que fazem com as mulheres, bem, isso não se pode sequer contar...

— Sobre isso, não sei nada — disse o rapazola, como se estivesse se desculpando. — Em nossa cidade, a coisa toda não foi tão grave. E quantos são os hunos? Talvez uns duzentos; não devem passar disso.

— Mentira! — irritou-se o barbudo. — Todos sabem que eles são mais de quinhentos mil. E aonde chegam, assassinam a todos e queimam tudo.

— Eles trancam as pessoas nos celeiros e as queimam vivas — disse um outro.

— Espetam as crianças em lanças — garantia um terceiro.

— E depois assam em fogueiras — acrescentou um quarto, resfriado, assoando o nariz. — Malditos pagãos!

— Meu Deus, meu Deus! — gemia o padre. — Meu Deus, tende piedade de nós!

— Tu me pareces bem suspeito — dirigiu-se o barbudo ao rapaz. — Como podes ter visto os hunos, se estavas escondido no feno?

— Minha mãezinha os viu — gaguejou o rapazola. — Todos os dias ela me levava comida, lá no sótão...

— Estás mentindo! — disse o barbudo em voz estridente. — Sabemos muito bem que onde os hunos chegam devoram tudo, como gafanhotos. Por onde passam, não restam nem as folhas nas árvores, entendeste?

— Deus do céu! Santo Deus! — começou a gemer, histérico, o exaltado homenzinho. — Por que tudo isso? Por quê? De quem é a culpa? Quem os deixou chegar até aqui? Pagamos tanto para o exército... Deus do céu!

— Quem os deixou chegar até aqui? — interrompeu, irônico, o donzel. — Não sabes? Pergunta ao imperador de Bizâncio quem chamou esses macacos amarelos. Meu bom homem, hoje todo o mundo sabe quem está financiando essa invasão. Isso se chama "alta política", não sabias?

O alcaide grunhiu ameaçador.

— Bobagens. Não é nada disso. Aqueles hunos, lá na terra deles, estão quase morrendo de fome... são um bando de preguiçosos... não sabem trabalhar... não têm civilização...

e querem se empanturrar. É por isso que nos atacam... para tomar-nos a coisa... o... o fruto de nosso trabalho. Ou seja: pilhar, repartir o butim... e seguir em frente. Uns vagabundos!

— São uns pagãos incultos — disse o padre. — Um povo selvagem e pouco instruído. Nosso Senhor nos está pondo à prova; oremos e agradeçamos a Ele, para que a nossa sorte mude.

— O flagelo de Deus! — recomeçou a pregação irada o monge febril. — Deus vos está castigando pelos vossos pecados. É Deus quem está conduzindo os hunos para varrer-vos da face da terra, como Ele fez com os sodomitas. Por causa de vossa fornicação, de vossa blasfêmia, de vossos corações empedernidos, de vossa cobiça, de vossa avareza, de vosso bem-estar pecaminoso, de vossos bezerros de ouro! Deus não se compadeceu de vós e entregou-vos ao inimigo!

O alcaide interveio ameaçador:

— Modere sua língua, *domine*: não estamos dentro de uma igreja, entendeu? Eles vieram para se empanturrar. São famintos, esfarrapados, uns desgraçados, todos eles...

— Isso tudo é política — prosseguiu o donzel. — Bizâncio tem parte nisso.

Foi então que um homem de face escura, a julgar pela aparência, um tanoeiro, manifestou-se com fervor:

— Bizâncio, coisa nenhuma! Foram os caldeireiros, e ninguém mais! Faz três anos passou por aqui um caldeireiro, e ele tinha um cavalo mirrado, pequenino, como esses dos hunos.

— E daí? — perguntou o alcaide.

— Quem tem juízo — gritou o homem de face escura — pode perceber. Os caldeireiros vieram na frente, para espionar, para ver o que havia... Eram espiões... Tudo isso é obra dos caldeireiros! E ninguém desconfia de onde eles vieram, o que eles queriam aqui? Ninguém? Ora, o que eles queriam! Se existe na cidade um tanoeiro estabelecido!... Estragar o nosso ofício... espionar... Nunca entraram numa igreja... fi-

Histórias apócrifas

zeram magia... feitiçarias... arrastaram atrás de si os... É tudo culpa dos caldeireiros!

— Aí tem coisa — observou o barbudo. — Os caldeireiros são uma gente estranha. Dizem que comem carne crua.

— Bando maldito! — concordou o alcaide. — Ladrões de galinhas, e além do mais...

O tanoeiro sufocava-se em sua cólera justa.

— Agora vedes? Falam em Átila, mas na verdade são os caldeireiros... Esses malditos caldeireiros, esses caldeireiros têm parte nisso tudo! Enfeitiçaram os animais... mandaram a disenteria... Tudo... os caldeireiros! Deveríamos ter enforcado o primeiro que nos apareceu! Acaso não conheceis aquela história do... do caldeireiro do inferno? Não sabeis que os hunos, antes dos ataques, batem em suas caldeiras? Qualquer criança é capaz de ver a relação! Foram os caldeireiros que nos arrumaram a guerra... os caldeireiros são culpados de tudo... E tu — gritou com a boca espumante, apontando para o rapazinho forasteiro —, tu também és um caldeireiro, um comparsa deles, um espião... Vieste para... e pretendias nos enganar... nos entregar para os caldeireiros...

— Enforquem-no! — berrou o homenzinho ensandecido.

— Esperai, vizinhos! — gritava o alcaide. — Silêncio! É preciso investigar o caso.

— Deixemos de histórias! — bradou alguém da multidão.

Também as mulheres se aproximaram correndo.

* * *

Naquela noite, o incêndio tingiu o céu de rubro a sudoeste também. A chuva caía lenta. Cinco pessoas morreram de disenteria e de tosse.

Após longa tortura, enforcaram o rapaz.

(1932)

A iconoclastia

Nicéforo, prior do claustro de São Simeão, foi procurado por um certo Procópio, conhecido como colecionador apaixonado e profundo especialista em arte bizantina. Este aguardava com evidente impaciência, andando de um lado para outro no corredor transversal do mosteiro. "Belas colunas", pensava. "Devem ser do século quinto. Somente Nicéforo pode ajudar-nos. É um homem influente na Corte, e já houve um tempo em que ele também andou pintando. E até que o velho não era dos piores pintores. Lembro-me de que chegou a entregar à imperatriz desenhos para bordados e pintou alguns ícones... Foi por isso que o fizeram abade, quando a gota deformou-lhe tanto as mãos que já não podia mais segurar os pincéis. Dizem que até hoje a palavra dele tem peso na Corte. Santo Deus, que capitel mais lindo! Sim, Nicéforo há de ajudar. Sorte que nos lembramos do velho!"

— Sede bem-vindo, Procópio — disse uma voz mansa atrás dele.

Procópio voltou-se. Um velho amistoso e seco estava parado ali, as mãos escondidas dentro das mangas.

— Um belo capitel, não é mesmo? — perguntou. — Um antigo trabalho de Naxos, senhor.

Procópio beijou-lhe a manga do hábito.

— Padre, vim ter convosco... — começou nervoso, mas o abade o interrompeu.

— Vinde sentar-vos ao sol, meu caro. O sol faz bem para a minha gota. Quanta luz, meu Deus, quanta claridade! Então, o que vos trouxe a mim? — indagou depois que se acomodaram sobre um banco de pedra no centro do mosteiro. Ao redor deles, revoavam abelhas, e pairava um perfume de sálvia, menta e incenso.

— Padre — recomeçou Procópio a sua história —, dirijo-me a vós porque sois o único que pode afastar o grave e irreparável risco que ameaça a nossa cultura. Sei que terei a vossa compreensão, padre. Que sois um artista, que fostes pintor antes de serdes obrigado a tomar sobre os ombros a responsabilidade desta abadia. Deus que me perdoe, mas, por vezes, lamento que não tenhais continuado a debruçar-vos naquelas vossas tábuas, das quais tantas e tantas vezes saíram os mais belos ícones bizantinos.

Em vez de responder, o padre Nicéforo arregaçou as mangas de seu hábito e deixou o sol banhar-lhe as mãos deformadas pela gota, cujos dedos se assemelhavam a garras de pássaros.

— Ora, meu caro, não digais essas coisas — limitou-se a responder.

— Mas é a pura verdade, Nicéforo — afirmou Procópio (Nossa Senhora! Que mãos!). — Hoje, os vossos ícones não têm preço. Outro dia, um judeu pediu duas mil dracmas por uma pintura vossa e, quando o comprador não se mostrou disposto a pagar tal preço, ele respondeu que esperaria, pois em dez anos receberia o triplo.

Nicéforo tossiu modestamente, e uma alegria incontida tingiu-lhe as faces de vermelho.

— Deixemos esse assunto — murmurou. — Afinal, quem se daria ao trabalho de falar a respeito de minha pobre obra? Ninguém precisa dela, até porque agora temos mestres festejados e reconhecidos como Argurópulos, Malvasias, Papadianos, Megalocastros, sei lá eu quantos outros. Por exemplo, como se chama aquele homem que faz mosaicos...?

— Pensais em Papanastasias? — indagou Procópio.

— Sim, sim — resmungou Nicéforo. — Dizem que é muito respeitado. Eu nem sei, porque vejo nos mosaicos mais um trabalho de pedreiro do que uma verdadeira arte. Dizem também que esse... o... como é que se chama?

— Papanastasias?

— Sim, Papanastasias. Dizem que ele é de Creta. No meu tempo, as pessoas viam a Escola de Creta com outros olhos. Diziam que nem era arte verdadeira. Tem linhas por demais duras, e as cores! Afirmais, então, que esse homem de Creta está sendo reconhecido? Hmmm... curioso...

— Eu não disse nada disso — defendeu-se Procópio. — Mas chegastes a ver, padre, o último mosaico dele?

O padre Nicéforo balançava a cabeça com determinação.

— Não, não cheguei a vê-lo, meu caro. E o que veria nele? As linhas, como um arame, e aquele ouro berrante? Percebestes que, em seu último quadro, o arcanjo Gabriel está torto como se estivesse caindo? Pois é, esse vosso homem de Creta não é nem capaz de desenhar decentemente uma figura humana em pé!

— Ora — protestou Procópio, com cautela —, foi de propósito que ele representou a figura daquele modo, por razões de composição...

— Muito obrigado! — explodiu o abade e fechou a cara. — Razões de composição! Quer dizer que se pode desenhar mal por razões de composição, é isso? E o próprio imperador olha aquilo e afirma: interessante, muito interessante! — O padre Nicéforo tentava controlar-se. — Meu senhor, o desenho é, antes de tudo, desenho; é nisso que consiste toda a arte.

— Assim é que fala um mestre — Procópio apressou-se a lisonjeá-lo. — Guardo em minha coleção a vossa *Ascensão*, e devo dizer-vos que não o trocaria sequer por um Nikaon.

— Nikaon era um bom pintor — constatou Nicéforo. — Escola Clássica, meu caro. Meu Deus, que ouros maravilhosos! Mas minha *Ascensão* é um quadro fraco, Procópio. Aquelas figuras inertes, e Cristo, com aquelas asas, parece uma cegonha... Homem, Cristo deve voar mesmo sem asas! É isso que chamam de arte! — Exaltado, o padre Nicéforo assoou o nariz na manga do hábito. — Não adianta, naquele tempo eu ainda não sabia desenhar. Meus quadros não possuíam nem profundidade nem movimento...

Procópio fitou espantado as mãos do abade.

— Padre, ainda pintais?

O abade Nicéforo meneou a cabeça.

— Não, não. Só muito de vez em quando, para o meu próprio prazer.

— Figuras? — a palavra escapou da boca de Procópio.

— Figuras. Não há nada mais belo do que as figuras, meu filho. Figuras humanas em pé, que parecem estar caminhando. E atrás delas, um fundo em que pensaríeis que podemos penetrar. É uma coisa difícil, meu caro. O que sabe a esse respeito o vosso... como é mesmo que se chama?, aquele pedreiro de Creta que faz garatujas.

— Teria muito gosto em ver os vossos quadros mais recentes, Nicéforo — disse Procópio.

— Por quê? Já tendes o vosso Papanastasias! É um excelente artista, foi o que me dissestes. Vejamos: razões de composição! Pois eu vos digo: se aquele arremedo de mosaico também pode ser considerado arte, então, realmente, nem sei mais o que é pintura. Procópio, vós, naturalmente, sois especialista; talvez tenhais razão quando afirmais que Papanastasias é um gênio.

— Eu não disse isso — protestou Procópio. — Nicéforo, não vim aqui para discutir convosco a respeito de arte, mas para salvar a arte, enquanto é tempo.

— Salvá-la de Papanastasias? — indagou Nicéforo, animado.

— Não, do imperador. Estais a par da coisa toda, não? Sua Majestade, o imperador Constantino Coprônimo, cedendo à pressão de determinados círculos do clero, quer proibir os ícones, por considerá-los idolatria, ou coisa que o valha. Vede que absurdo, Nicéforo!

O abade baixou a cabeça.

— Ouvi falar disso, Procópio — murmurou. — Mas nada é certo por ora. Ainda não tomaram a decisão.

— Foi por isso mesmo que vim ter convosco, padre — animou-se Procópio. — Está claro para todos que, para o imperador, o caso tem um fundo estritamente político. Ele pouco se importa com a maldita idolatria, só quer ter paz. Então, se ao sair para a rua ele ouve a malta gritar "Morte aos idólatras!", guiada por fanáticos sujos, nosso imperador pensa que a solução mais prática é fazer a vontade dessa multidão faminta. Ouvistes já que danificaram os afrescos da Capela do Amor Supremo?

— Sim, ouvi — suspirou o abade de olhos fechados. — Que pecado, minha nossa! As pinturas de Stefanides, afrescos tão valiosos! Recordais a figura de Santa Sofia, à esquerda do Cristo bendizente com as mãos erguidas? Procópio, aquela era a figura em pé mais bela que já vi. Stefanides, esse foi um verdadeiro mestre; não há sequer palavras...

Procópio aproximou-se do abade em tom suplicante:

— Nicéforo, na Lei de Moisés está escrito: "Não farás para ti imagem de escultura nem semelhança alguma do que há em cima do céu, nem embaixo na terra, nem nas águas debaixo da terra". Nicéforo, teriam então razão os que afirmam que Deus proibiu a pintura de quadros e a feitura de esculturas?

O abade Nicéforo, de olhos fechados, meneava a cabeça.

— Procópio — suspirou pouco tempo depois —, a arte é tão santa quanto a religião... porque glorifica a obra divina... e ensina-nos a amá-la. — Com as mãos deformadas, fez o sinal da cruz no ar. — O Criador, então, não terá sido um artista? Ele não moldou a figura do homem em argila? Não adornou todos os objetos com contornos e cores? E que ar-

Histórias apócrifas 113

tista foi Ele, Procópio! Jamais poderemos aprender o suficiente com Ele, Procópio... Além do mais, aquelas leis valiam apenas para as épocas bárbaras, quando os homens ainda nãos sabiam desenhar bem.

Procópio suspirou profundamente.

— Eu sabia, abade, que diríeis isso — disse respeitosamente. — Como padre, e também como artista. Nicéforo, sei que não deixareis, não permitireis que destruam a arte!

O abade levantou os olhos.

— Eu? O que posso eu fazer, Procópio? São tempos terríveis, o mundo civilizado está se tornando bárbaro, vem toda espécie de gente lá de Creta, e sei lá eu de onde mais... É uma coisa terrível, meu caro; mas como poderíamos impedi-lo?

— Nicéforo, se falásseis ao imperador...

— Não, não — protestou o padre Nicéforo. — Não posso falar com o imperador a respeito disso. O imperador não tem qualquer sensibilidade para a arte, Procópio. Ouvi dizer que, há pouco tempo, ele elogiou aquele vosso... como é que se chama?

— Papanastasias, meu padre.

— Esse mesmo, o pedreiro das garatujas. Então, elogiou aqueles mosaicos dele. O imperador não tem a mais remota noção do que seja arte. E, na minha opinião, Malvasias também é um mau artista. Claro, Escola de Ravenna. E apesar disso, vede, confiaram a ele os mosaicos da capela da Corte! Ora, Procópio, nada pode ser feito junto à Corte. Eu não posso chegar lá e suplicar que deixem um Argurópulos ou aquele sujeito de Creta, como é que se chama mesmo? Papanastasias! Que os deixem continuar a estragar as paredes!

— Não se trata disso, meu padre — argumentou com paciência Procópio. — Mas, pensai bem, se os iconoclastas conseguirem seu intento, destruirão todas as obras de arte. Queimarão os vossos ícones também, Nicéforo!

O abade fez um gesto com a mão.

— São uns quadros fracos, Procópio — resmungou. —

Antigamente, eu não sabia desenhar. Pois é, meu caro, não se aprende a desenhar figuras com tanta facilidade. Mãos trêmulas, Procópio indicou uma estátua antiga que, escondida numa roseira, representava o jovem Baco.
— Destruirão essa estátua também — disse.
— Que pecado, que pecado — murmurou Nicéforo, e fechou os olhos com um semblante sofredor. — Chamávamos essa estátua de São João Batista, mas, de fato, é um Baco original, perfeito. Contemplo-o durante horas, durante horas. É como se eu estivesse orando, Procópio.
— Pois então, Nicéforo. Deixaremos destruir esta perfeição divina? Permitiremos que um fanático piolhento e de voz esganiçada o destrua com sua marreta?
O abade continuava calado, as mãos entrecruzadas.
— Podeis salvar a arte, Nicéforo — esforçava-se Procópio por convencê-lo. — Vossa vida santa e vossa sabedoria vos granjearam um imenso respeito dentro da Igreja; a Corte respeita-vos muito; sereis membro do Grande Sínodo, que deverá decidir se todas as estátuas e todos os ícones são, ou não, instrumento de idolatria. Meu padre, todo o destino da arte está em vossas mãos!
— Exagerais minha influência, Procópio — suspirou o abade. — Aqueles fanáticos são muito fortes, têm atrás de si aquela malta... — Nicéforo calou-se. — Dizeis que destruirão todas as estátuas e todos os quadros?
— Sim.
— Os mosaicos também?
— Sim. Decerto os arrancarão às marretadas de todas as paredes e tetos e jogarão as pastilhas nos monturos.
— Ora, ora — disse Nicéforo com vivo interesse. — Quer dizer que arrancariam também aquela aberração de arcanjo Gabriel, é isso?
— Creio que sim.
— Até que não é má ideia! — riu o abade. — É um quadro terrivelmente ruim. Nunca na vida tinha visto uma ga-

ratuja mais horrorosa; e ainda dizem que foi por razões de composição! Pois digo-vos uma coisa, Procópio: o mau desenho é pecado e blasfêmia; um pecado contra o Senhor! E as pessoas ainda são obrigadas a dobrar os joelhos diante de um quadro daqueles? Não, não! Se os homens se ajoelham diante de quadros ruins, trata-se, de fato, de idolatria. Nem me admira que o povo se revolte contra isso. Têm toda a razão. A Escola de Creta é uma heresia, e um Papanastasias é pior do que os próprios Arianos. Então credes realmente — insistia o abade, animadamente — que eles de fato arrancarão aquelas garatujas das paredes? Boas-novas me trouxestes, filho. Vossa vinda muito me alegrou. — Nicéforo levantou-se do banco com dificuldade, sinalizando o final da audiência.

— Belo tempo, não é?

Procópio levantou-se também, visivelmente arrasado e desesperado.

— Nicéforo — tornou a falar —, destruirão os quadros também! Não compreendeis que deverão queimar e destruir a arte toda?

— Ora, ora — contemporizou o abade. — É mesmo uma pena, uma grande pena. Mas se queremos livrar o mundo dos maus artistas, convém fazermos vista grossa a eventuais exageros. O mais importante é que as pessoas não se ajoelhem mais diante das garatujas que aquele vosso...

— Papanastasias.

— ... sim, Papanastasias, que o vosso Papanastasias desenha. Uma Escola infame, essa de Creta. Alegra-me que me tenhais chamado a atenção para o Sínodo. Estarei lá, Procópio; estarei lá, nem que tenha de ir carregado. Não me perdoaria nem no leito de morte se deixasse de comparecer. Finalmente arrancarão da parede aquele arcanjo Gabriel — Nicéforo abriu um sorriso no rosto enxuto. — Deus vos abençoe, meu filho — e ergueu as mãos para bendizê-lo.

— Que Deus esteja convosco, Nicéforo — suspirou Procópio, desesperado.

O abade Nicéforo afastava-se ensimesmado, meneando a cabeça.

— Uma Escola infame, a de Creta — murmurava. — Já não é sem tempo que lhe façam justiça... Meu Deus, que heresia!... Aquele Papanastasias... e Papadianos... Não desenham figuras, desenham ídolos, malditos ídolos — gritou Nicéforo, agitando as mãos torturadas. — Desenham ídolos... ídolos... ídolos...

(1936)

Irmão Francisco

Na estrada para Forlì, onde se desvia para Lugano, um frade mendicante parou diante de uma ferraria; era ele um tanto franzino, e seu sorriso largo mostrava uns poucos dentes amarelados.

— Irmão ferreiro — disse alegremente —, louvado seja Deus! Hoje ainda não comi.

O ferreiro endireitou o corpo, enxugou o suor e teve um pensamento qualquer a respeito dos vagabundos.

— Entre — resmungou. — Ainda devo ter um pedaço de queijo.

A mulher do ferreiro estava grávida e era devota; queria beijar as mãos do frade, mas ele imediatamente as escondeu, balbuciando um protesto:

— Ora, mãezinha, eu é que devia beijar tuas mãos. Chamam-me irmão Francisco, o mendigo. Que Deus te abençoe.

— Amém — murmurou a jovem esposa do ferreiro, e foi buscar pão, queijo e vinho.

O ferreiro era casmurro; fitava o chão e nem sabia o que dizer.

— De onde vem, *domine*? — perguntou finalmente.

— De Assis — respondeu o frade. — Uma boa caminhada, irmãozinho. Não acreditarias quantos córregos, vinhedos e atalhos há no mundo. Ninguém consegue trilhá-los todos; mas deveríamos, meu bom homem, deveríamos. Em todos os lugares estão as criaturas de Deus, e quando andamos entre elas é como se estivéssemos rezando.

— Uma vez estive em Bolonha — observou o ferreiro pensativo. — Mas faz muito tempo. Sabe como é, *domine*, um ferreiro não pode carregar sua oficina.

O padre balançou a cabeça.

— Bater o ferro — disse —, é como servir a Deus. O fogo é uma coisa bela e santa. Meu bom homem, o fogo é nosso irmão, uma criatura viva de Deus. Depois, quando o ferro se amolece e permite que o moldemos, que maravilha, mestre ferreiro! E quando fitamos o fogo, sentimos como se estivéssemos diante de uma visão.

O frade abraçou os joelhos com as mãos, como um menino, e se pôs a falar sobre o fogo. Sobre o fogo dos pastores, dos vinhedos, dos archotes, das velas e da sarça ardente. Enquanto isso, a mulher do ferreiro havia estendido uma toalha branca sobre a mesa, colocando sobre ela pão, queijo e vinho. O ferreiro pestanejava confuso, como se estivesse fitando o fogo.

— Padre — disse a mulher calmamente —, não gostaria de comer algo?

Irmão Francisco partiu o pão com as mãos e ergueu os olhos interrogativos para o ferreiro e a mulher. "Que há convosco?", pensou admirado, "por que estais tão calados e estranhos? Um casal bom: o homem, forte como um urso; a mulher, em estado abençoado. O que tendes, então?" Engasgou-se com o bocado, confuso e compadecido. "Como posso alegrar-vos, filhos de Deus? Hei de contar-vos anedotas ou aventuras de viagens? Devo cantar e dançar para alegrar esta mulher que está esperando?"

Abriu-se uma fresta na porta. A mulher do ferreiro cobriu o rosto com as mãos, pálida. Entreviu-se a cara de um cachorro, submisso, olhos amedrontados.

O ferreiro irritou-se, as veias saltaram-lhe nas têmporas. Correu para a porta de punhos cerrados.

— Fora, animal maldito! — gritou, chutando a porta.

O cachorro uivou e fugiu.

Irmão Francisco se entristeceu e, desconcertado, começou a fazer bolinhas com o miolo do pão.

— Ferreiro, mestre ferreiro — disse, finalmente. — Que mal te fez aquela infeliz criatura?

Preocupado, o ferreiro voltou-se para a mulher.

— Então, Giuliana? — resmungou — E então?

A mulher tentou sorrir, lábios trêmulos. Levantou-se, pálida e cambaleante, e saiu calada. O ferreiro a observava aborrecido.

— Irmão — sussurrou Francisco aflito —, por que expulsaste da tua mesa aquele nosso irmão cachorro? Vou-me embora de tua casa.

Nervoso, o ferreiro pigarreava.

— Bem, *domine*, sabe, aquele cachorro... — disse áspero. — Na Páscoa, esperávamos visita. A irmã mais nova da minha mulher, uma menina ainda, que devia chegar de Forlì... Não chegou. Duas semanas depois, os pais vieram buscá-la... Juntos fomos procurar a menina por toda parte; tinha sumido. Na véspera de Pentecostes, o cachorro veio do campo trazendo uma coisa na boca. Deixou aqui, na soleira da porta. Fomos ver o que era: entranhas humanas. Depois achamos o que restava da menina... — O ferreiro mordeu os lábios para conter a ira. — Nunca soubemos quem fez isso. Deus há de castigar o culpado. Mas esse cachorro, *domine*... — O ferreiro fez um gesto com a mão. — Não posso matá-lo a pauladas. Isso é o pior de tudo. Expulsá-lo é impossível. Ele ronda a casa como um pedinte... Pode imaginar que horror, *domine*... — O ferreiro esfregava o rosto sem parar. — Não consigo sequer pôr os olhos nesse cachorro. À noite, ele uiva junto à porta.

Irmão Francisco estremeceu.

— Para o senhor ver — grunhiu o ferreiro. — Desculpe, *domine*, mas vou ver se Giuliana está bem.

O frade ficou sozinho na sala, sufocado pelo silêncio. Pé ante pé, saiu. Diante da casa, não muito longe, o cão amarelo, rabo entre as pernas, fitava-o trêmulo e expectante. O irmão Francisco voltou-se para ele, que abanou o rabo e ganiu timidamente.

— Pobre criatura — murmurou Francisco, e tentou afastar a vista do cachorro. Mas ele continuava abanando o rabo e não desviava os olhos do frade. — Que queres? — murmurou o irmão Francisco, indeciso. — Estás triste, não, irmãozinho? Que destino o teu, hein? É duro. — O cachorro levantava uma e outra pata, e tremia. — Ora, vai — acalmava-o o padre. — Ninguém quer falar contigo? — O cachorro rastejou gemelhicando até junto do frade, que sentiu certa repugnância. — Vai embora, vai — disse. — Não deverias ter feito isso, irmão. Era o corpo santo de uma menina... — O cachorro sentou-se aos pés do frade e soltou um ganido. — Para com isso, por favor — murmurava Francisco, curvando-se sobre o animal. O corpo do cachorro paralisou-se de expectativa.

Nesse exato instante, o ferreiro e sua mulher saíram para procurar o hóspede. Deram com o padre ajoelhado em frente à casa, coçando a orelha do cachorro, que gemia, e sussurrando-lhe:

— Aqui está, irmãozinho, aqui está, querido. Porque queres lamber-me a mão?

O ferreiro bufou. Francisco voltou-se para ele e disse receoso:

— Sabes, mestre ferreiro, ele implorou tanto! Como se chama?

— Bracco — resmungou o ferreiro.

— Bracco — repetiu Francisco. E o cachorro saltou para lamber-lhe o rosto. O irmão Francisco levantou-se. — Agora chega, irmão, obrigado. Agora devo partir.

De repente, não sabia como despedir-se. Estava lá, postado diante da mulher do ferreiro, olhos fechados, pensando em como abençoá-la.

Quando abriu os olhos, deparou-se com a mulher ajoelhada a seus pés, as mãos postas sobre a cabeça do cão amarelo.

— Graças a Deus! — suspirou Francisco, e os dentes amarelos tornaram a aparecer em sua boca. — Que Deus vos pague!

E o cachorro, louco de alegria, rodopiava à volta do santo homem e da mulher prostrada de joelhos.

(1932)

Ofir

As pessoas na praça de São Marcos mal voltaram os olhos quando os esbirros a atravessaram conduzindo o velhote à presença do doge. Estava sujo e maltrapilho, e qualquer um diria que se tratava de um ladrão do porto.

— Este homem — disse o *podestà vicegerente*[13] diante do trono dogal — afirma chamar-se Giovanni Fialho e ser um mercador lisboeta. Afirma, também, que é dono de navios e que aquele em que viajava foi aprisionado, com tripulação e carga, pelos piratas argelinos. Diz, ainda, que conseguiu fugir das galés e que poderia prestar um grande favor à República de Veneza. Que tipo de favor seria esse, insiste que só pode revelar diretamente a vossa pessoa, Seseníssimo Doge.

O vetusto doge pousou seus vivos olhos de pássaro no velhote desgrenhado.

— Então, afirmas que serviste nas galés? — indagou, por fim.

Em vez de responder com palavras, o prisioneiro desnudou o calcanhar imundo, mostrando os pés inchados pelos grilhões.

— Minhas costas — acrescentou — estão cobertas de feridas e cicatrizes, Seseníssimo. Tende a bondade de permitir-me que vos mostre...

---

[13] Nas cidades italianas dos séculos XIII e XIV, *podestà vicegerente* era o magistrado que chefiava os poderes judiciário e militar da comuna em caráter vicário e provisório. (N. da E.)

— Não, não — respondeu o doge prontamente. — Não é necessário. Que querias dizer-nos?

O velho decrépito ergueu a cabeça.

— Dai-me navios, Seréníssimo — disse com voz determinada —, que vos conduzirei a Ofir, o país do ouro.

— A Ofir? — resmungou o doge. — Tu descobriste Ofir?

— Descobri, sim — disse o velho —, e passei lá nove meses, enquanto reparávamos o navio.

O doge trocou um rápido olhar com seu sábio conselheiro, o bispo de Pordenone.

— E onde fica Ofir? — perguntou ao velho mercador.

— A três meses de viagem daqui — explicou o marinheiro. — É preciso contornar a África inteira e tornar a virar o leme para o norte.

O bispo de Pordenone inclinou-se, atento.

— Ofir fica junto ao mar?

— Não. A nove dias de viagem da costa, à beira de um grande lago, azul como safira.

O bispo de Pordenone meneou a cabeça de modo quase imperceptível.

— E como conseguiste penetrar naquele país? — indagou o doge. — Dizem que Ofir está separado da costa por montanhas e desertos intransponíveis.

— Isso mesmo — disse o mercador Fialho. — Não há estrada que leve a Ofir. E o deserto está povoado de leões, as montanhas são cristalinas e escorregadias como o vidro de Murano.

— Mas ainda assim conseguiste transpô-las — alfinetou o doge.

— Sim. Enquanto reparávamos o navio, que as tempestades haviam danificado terrivelmente, chegaram à praia uns homens de branco, com batas adornadas de insígnias púrpuras, e fizeram-nos sinais.

— Eram negros? — interessou-se o bispo.

— Não, *monsignore*. Eram brancos como os ingleses,

cabelos longos, cobertos de pó de ouro. Eram homens muito bonitos.

— Portavam armas? — indagou o doge.

— Sim, lanças de ouro. Mandaram-nos reunir todos os objetos de ferro que carregávamos e levá-los a Ofir, para trocá-los por ouro. Não há ferro em Ofir. Eles próprios fiscalizaram-nos para que não deixássemos um só objeto de ferro: âncora, correntes, armas, e até os cravos do navio.

— E depois, o que houve? — perguntou o doge.

— Havia na praia umas mulas aladas, uma récua de cerca de sessenta cabeças. Tinham asas de cisne. Chamavam-nas de pégasos.

— Pégasos — observou, meditativo, o sábio bispo. — Os antigos gregos já tinham conhecimento desses animais, deixaram-nos documentos. Portanto, os gregos conheciam Ofir.

— Bem, eles falam grego em Ofir — declarou o velho comerciante. — Eu próprio sei um pouco de grego, pois em todos os portos há um ou dois ladrões oriundos de Creta ou de Esmirna.

— Muito interessantes as notícias que nos trazes — murmurou o bispo. — E essa gente de Ofir é cristã?

— Deus que me perdoe — disse Fialho —, mas são pagãos como toros de madeira, *monsignore*. Adoram um tal de Apolo, ou coisa que o valha.

O bispo de Pordenone meneava a cabeça.

— Isso coincide com as demais notícias que temos. Parece que são descendentes daqueles gregos que as tempestades marítimas arrastaram para lá, quando da tomada de Troia. E depois, o que houve?

— Depois? — prosseguiu Giovanni Fialho. — Bem, carregamos os objetos de ferro nas mulas aladas. Três de nós (eu, um tal Chico de Cádis, e Manolo Pereira, de Coimbra) recebemos cada qual uma mula alada e, conduzidos pelos habitantes de Ofir, voamos para oriente. A viagem durou nove dias. Pousávamos todas as noites, para que os pégasos pudessem comer e beber. Não comem nada além de narcisos e asfódelos.

— Bem se vê que têm origem grega — resmungou o bispo.

— No nono dia, avistamos o lago, azul como safira — prosseguiu o velho mercador. — Pousamos às suas margens. Peixes de prata, com olhos de rubi, nadavam nele. E a areia do lago, Sereníssimo, é de pérolas tamanhas quais seixos rolados. Manolo logo ajoelhou-se e pôs-se a recolher pérolas. Um de nossos acompanhantes nos disse que a areia era de fato excelente, tanto que dela faziam cal em Ofir.

Os olhos do doge, aterrorizado, quase saltaram das órbitas.

— Fazer cal de pérolas! Mas que horror!

— Depois conduziram-nos ao palácio real, todo ele de alabastro. Somente a cúpula, brilhante como o sol, era de ouro. Lá recebeu-nos a rainha de Ofir, sentada em seu trono de cristal.

— Então, uma mulher governa Ofir? — admirou-se o bispo.

— Sim, *monsignore*. Uma mulher deslumbrante, bela como uma deusa.

— Talvez seja uma das amazonas — comentou o bispo.

— E as outras mulheres? — perguntou o doge. — As demais mulheres, me entendes, são bonitas?

O marinheiro bateu as mãos.

— Ó, Sereníssimo, mulheres tão lindas como aquelas, nem mesmo na Lisboa da minha mocidade!

O doge fez um gesto impaciente com a mão.

— Ora, que dizes! Todos dão conta de que em Lisboa as mulheres são escuras como gatos pretos. Mas em Veneza, em Veneza, meu bom homem, é que havia umas mulheres... faz uns trinta anos... Era como olhar as Madonnas do Tiziano. Mas fala-me das mulheres de Ofir, fala!

— Sereníssimo, sou um homem velho — explicou-se Fialho. — Manolo é que poderia dizer-vos mais coisas delas, se os muçulmanos o não tivessem assassinado, quando abordaram o navio já perto das Baleares.

— E ele diria muitas coisas delas? — perguntou o doge, curioso.

— Minha nossa! — exclamou o velho marinheiro. — Ninguém lhe acreditaria, Sereníssimo. Posso dizer-vos apenas que, passadas duas semanas em Ofir, quando já nos aprontávamos para o regresso, o Manolo mal se aguentava em pé.

— E a rainha, como era?

— A rainha usava um cinturão de ferro e braceletes de ferro. "Ouvi dizer que tendes muitos objetos de ferro", dirigiu-se ela a mim; "dias atrás, mercadores árabes trouxeram-nos um pequeno carregamento."

— Mercadores árabes! — gritou o doge, esmurrando o braço do trono. — Aqueles pilantras, arrancam-nos das mãos todos os mercados! Não podemos tolerar isso! Afinal, estão em jogo os mais sagrados interesses da República de Veneza! Nós é que vamos fornecer o ferro a Ofir, e não se fala mais nisso! Giovanni, dar-lhe-ei três navios, carregados de ferro...

O bispo levantou uma das mãos.

— E depois, Giovanni, o que houve?

— A rainha trocou o ferro por igual quantidade de ouro.

— Mas que roubo! E tu aceitaste?

— Não, *monsignore*, não aceitei. Disse-lhe que o ferro não deveria ser pesado, e sim vendido por volume.

— Muito bem — concordou o bispo. — O ouro é mais pesado.

— E mais ainda o ouro de Ofir, *monsignore*! Pesa três vezes mais do que o ouro comum, e é rubro como brasas. E a rainha mandou então confeccionar-nos uma âncora de ouro, cravos de ouro, correntes de ouro e espadas de ouro, tudo igual àqueles nossos objetos de ferro. Daí nossa demora lá por algumas semanas.

— E para que eles precisam de ferro? — espantou-se o doge.

— Porque prezam-no muito, Sereníssimo — explicou o velho mercador. — Fazem joias e moedas de ferro. Guardam os cravos de ferro em baús, qual fosse um tesouro. E vivem a repetir que o ferro é mais belo que o ouro.

O doge deixou cair as pálpebras, semelhantes às de um peru.

— Estranho, muito estranho — resmungava. — Que coisa mais estranha, Giovanni. E depois, o que houve?

— Depois carregaram o ouro nas mulas aladas e levaram-nos de volta à costa, pelo mesmo caminho que havíamos percorrido para chegar lá. Na praia, reconstruímos o navio com os cravos de ouro e lhe pusemos a âncora de ouro na corrente de ouro. As velas e o cordame, estraçalhados, foram trocados por outros de seda, e com vento favorável tomamos rumo para casa.

— E as pérolas? — perguntou o doge. — Não trouxestes pérolas?

— Em verdade, não trouxemos — disse Fialho. — Com a devida licença, mas havia tantas pérolas quantos grãos de areia. Trouxemos somente algumas que nos entraram nas alpercatas, mas aqueles pagãos de Argel tomaram-nas, quando fomos aprisionados perto das Baleares.

— Esta história parece muito verossímil — murmurou o doge.

O bispo meneou levemente a cabeça.

— E que espécie de animais pudestes ver? — recordou de repente. — Há centauros em Ofir?

— Não ouvi falar deles, *monsignore* — disse, respeitoso, o mercador. — Mas lá vimos flamingos.

O bispo bufou.

— Estás muito enganado quanto a isso. Os flamingos podem ser encontrados no Egito, e todos sabem que eles têm uma perna só.

— Há também uns jumentos selvagens — acrescentou o mercador —, com listras pretas e brancas, qual tigres.

O bispo fitou-o desconfiado.

— Ei, queres zombar de nós? Onde já se viu um jumento listrado? Giovanni, há uma coisa que estranho em tua história: dizes que sobrevoaste as montanhas de Ofir montados em mulas aladas, é isso?

— Isso mesmo, *monsignore*.

— Hmmm, vejamos... Segundo fontes árabes, um pássaro chamado grifo habita os cumes das montanhas de Ofir, um pássaro com bico e garras de aço e penas de bronze. Não ouviste falar dele, Giovanni?

— Não, *monsignore* — gaguejou o mercador.

O bispo de Pordenone balançava a cabeça em sinal de dúvida.

— Ninguém pode sobrevoar aquelas montanhas; não nos convencerás que o fizestes. É fato comprovado que o local está infestado de grifos. Do ponto de vista técnico, tal travessia é impossível, porque os grifos engoliriam os pégasos como as andorinhas engolem as moscas. Descarado, não nos enganas! E dize, embusteiro, que tipo de árvores há por lá?

— Que tipo de árvores? — gemeu o infeliz. — Todos sabem, *monsignore*, que são palmeiras.

— Agora te peguei! — vangloriou-se o bispo. — Segundo Bubon de Biskra, que é um especialista no assunto, há em Ofir romãzeiras, cujos frutos têm carbúnculos no lugar das sementes. Tu inventaste uma história tola, irmão!

Giovanni Fialho prostrou-se de joelhos.

— Deus é testemunha, *monsignore*. Acaso poderia um mercador ignorante como eu inventar o país de Ofir?

— Justo a mim vens contar as tuas histórias — disparou o bispo do alto da sua erudição. — Sei muito melhor do que tu que há no mundo um país chamado Ofir, a terra do ouro. Mas o que nos dizes é mentira e embuste, pois contraria as fontes autorizadas. Sereníssimo Doge, este homem é um farsante!

— Mais um — suspirou o velho doge, pestanejando desalentado. — É impressionante o número de aventureiros que me aparece hoje em dia. Levem-no!

O *podestà vicegerente* dirigiu-lhe um olhar interrogativo.

— O de sempre, o de sempre — bocejou o doge. — Deixem-no sentado até que fique roxo; depois, vendam-no para uma galé qualquer. É pena — resmungou —, é pena que este homem seja um impostor. Muito do que ele contou parecia verdade... Talvez tenha ouvido essas histórias dos árabes.

(1932)

Goneril, filha de Lear

Não, minha ama, não tenho nada. E não me chames "minha filhinha querida". Sei, sim, sei que me chamavas assim quando eu era pequenina. O rei Lear, por seu turno, chamava-me "meu pequeno", não é? Ele queria um menino. Pensas que os meninos são melhores que as meninas? Regan, desde pequena, sempre foi uma melindrosa, e Cordélia... bem, já sabes... "Ai, solzinho, não batas aqui, que eu derreto..." Uma completa não me toques. E Regan... como ela engana... aquele nariz empinado, com ares de rainha, mas sempre tentando tirar proveito de tudo, lembras? Foi assim desde bebê. Mas, dize-me, minha ama, eu fui uma criança levada? Vês só?!

O que será que torna as pessoas más? Sim, minha ama, sei que sou má. Não digas nada, sei que também pensas isso a meu respeito. Para mim, tanto faz o que pensem de mim. Está certo, sou má; mas naquele negócio, naquele episódio do papai, eu estava com a razão, minha ama. Por que ele encasquetou de vir com aquele batalhão de homens? Bom, se ainda fosse apenas um batalhão... Trouxe ainda toda a criadagem, não podia ser! Eu tinha muita vontade de ver o papai, palavra de honra, minha ama; eu o amava, amava-o mais do que a qualquer outra pessoa no mundo, mas aquela multidão de acompanhantes, Jesus Cristo!... Fizeram da minha casa um verdadeiro bordel! Bem te lembras, minha ama, a cada passo esbarrávamos com um vagabundo, aquela gritaria sem fim, aquela sujeira... Até o monturo era mais limpo do que a nossa casa, naqueles tempos. Dize-me, sinceramente, minha ama, que dona de casa aturaria isso? Ninguém conseguia dar-lhes ordens! Não davam ouvidos a ninguém afora o rei Lear... Quanto a mim, riam na minha cara! De noite, corriam atrás das criadas; eu não ouvia outra coisa, de madrugada, além de passos, batidas às portas, farfalhar de vestidos, gargalhadas e gemidos... O príncipe dormia como um urso; eu o sacudia, o acordava, "Não estás ouvindo, homem?". Ele resmungava apenas: "Deixa-os em paz, vai dormir...". Imagina só, minha ama, como é que eu me sentia?! Tu também já foste jovem, e podes imaginar, não é? Quando fui queixar-me ao rei Lear, ele só fez rir: "Filhinha, não podes esperar outra coisa dos solteirões. Tapa os ouvidos e dorme".

No fim, tive de dizer-lhe que expulsasse aqueles parasitas, pelo menos metade deles. E já sabes: ofendeu-se. Disse que eu era uma ingrata, e coisas assim. Ficou uma fera, nem fazes ideia. Mas, afinal, eu é que sei o que pode e o que não pode aqui; eles, homens, só se preocupam com a honra deles; e nós, mulheres, somos obrigadas a preocupar-nos com a casa, com a ordem. Eles nem ligariam se a casa parecesse um estábulo. Então, minha ama, dize-me, eu não estava com a razão? Vês só?! E o papai ficou profundamente ofendido. O que é que eu podia fazer? Sei, minha ama, sei o que devo a ele; mas, enquanto mulher, tenho outras obrigações em meu lar, o cuidado da casa! E papai amaldiçoou-me por isso! O príncipe... ele só ficava piscando e resmungando. Pensas que ele disse uma palavra sequer em minha defesa? Qual nada! Deixou que me tratassem como se eu fosse uma mulher má, mesquinha, rabugenta. Escuta, minha ama, naquele instante pareceu-me que algo havia estourado dentro de mim... eu... eu passei a odiar o meu marido. Quero que saibas: eu o odeio! Odeio! E odeio o papai também, porque ele é o culpado de tudo, entendes? É assim, não adianta; sou uma criatura má, eu sei; mas se sou má é só porque estava com a razão...

Deixa de histórias; sou mesmo má. Tu também sabes, minha ama, que tenho um amante, não é? Se soubesses... nem ligo se sabes, ou não! E pensas mesmo que eu amo o Edmund? Amo nada! Só quero vingar-me do príncipe, porque não se portou como homem. Eu o odeio; simplesmente o odeio. Minha ama, és incapaz de imaginar o que isso significa: odiar! Quer dizer que és má, má, és má em cada pedaço de teu corpo. Quando começas a odiar, é como se te transformasse por completo. Outrora, eu era uma moça correta, minha ama, e poderia ter sido uma mulher honesta; fui criança, fui irmã, mas agora sou apenas má. Nem de ti eu gosto mais, minha ama, nem de mim... Mas eu tinha razão; se me tivessem dado razão naquela época, eu teria sido outra pessoa, acredita-me...

Chorar, não vou chorar, não. Nem penses que a coisa toda me incomoda. Ao contrário: tornas-te mais livre quando odeias. Podes pensar o que quiseres, não precisas assustar-te com nada. Tu sabes, antigamente, eu não via o quanto meu marido é antipático, nojento, barrigudo, um falso herói, que tem as mãos suarentas; hoje, posso enxergar isso tudo, e também consigo ver que o papai, o velho Lear, é um tirano cômico, desdentado, um velho imbecil; posso enxergar tudo! Que Regan é uma víbora e que eu, minha ama, carrego dentro de mim umas coisas estranhas e repulsivas, bem, antes nem fazia ideia disso. Veio tudo de repente. Dize, acaso é minha culpa? Eu estava com a razão; eles não deveriam ter me obrigado a chegar tão longe...

... Tu não entendes disso, minha ama. Às vezes imagino que eu seria capaz de matar o príncipe, quando ele está lá, roncando ao meu lado. Simplesmente cortar-lhe a garganta, com uma faca. Ou matar Regan. Pronto, maninha, toma um pouco de vinho. Sabes que a Regan quer tirar o Edmund de mim? Não que ela esteja apaixonada por ele; Regan é fria como gelo. É só de birra, para me magoar. E ainda espera que o Edmund possa de algum jeito dar sumiço naquele príncipe molengão e obter o trono de Lear para ela. É isso mesmo, minha ama. Regan agora está viúva; aquela víbora teve sorte a vida inteira. Mas não te preocupes; ela não conseguirá realizar o seu intento! Eu tomo cuidado, e odeio todos eles. Nem durmo mais, para não deixar de tecer meus pensamentos e meu ódio. Se soubesses como é possível odiar no escuro, de maneira maravilhosa e infinita! E quando penso que isso tudo resulta da teimosia do papai e da desordem que aprontaram... Mas olha, aquela desordem toda, nenhuma dona de casa do mundo seria capaz de aturar...

Minha ama, minha ama, porque eles não reconheceram que eu estava com a razão?

(1933)

Hamlet, príncipe da Dinamarca

CENA X

(*Rosenkrantz e Guildenstern começam a afastar-se*)

HAMLET
   Um momento, meu caro Guildenstern, uma palavra apenas, Rosenkrantz!

ROSENKRANTZ
   Ordenai, príncipe!

GUILDENSTERN
   Que desejais, príncipe?

HAMLET
   Uma pergunta apenas. De que modo dissestes que a representação na corte, essa tragédia sobre o rei envenenado, afetou o rei?

ROSENKRANTZ
   Terrivelmente, príncipe.

HAMLET
   É verdade? Terrivelmente?

GUILDENSTERN

O rei estava fora de si.

HAMLET

E quanto aos demais?

GUILDENSTERN

A quem Vossa Alteza se refere?

HAMLET

A vós outros, claro, e aos cortesãos e damas da corte, e a todos quantos estavam presentes na sala, durante a interpretação. Nada disseram?

ROSENKRANTZ

Nada, príncipe.

GUILDENSTERN

Estavam tão extasiados que não podiam pronunciar uma única palavra.

HAMLET

E Polônio?

GUILDENSTERN

Polônio gemia.

HAMLET

E os cortesãos?

ROSENKRANTZ

Os cortesãos soluçavam. Nem eu próprio pude conter as lágrimas, príncipe, e vi que o meu amigo Guildenstern enxugava a umidade delatora com as mangas de sua roupa.

HAMLET
E os soldados?

GUILDENSTERN
Viravam o rosto para ocultar sua enorme emoção.

HAMLET
Então credes que essa representação foi...

ROSENKRANTZ
Um enorme sucesso!

GUILDENSTERN
Mas merecido...

ROSENKRANTZ
O cenário era magnífico!

GUILDENSTERN
E a trama tão fluente!

HAMLET
Hmmm... eu diria que a peça tem lá os seus defeitos...

ROSENKRANTZ
Perdoai, príncipe, que defeitos?

HAMLET
Por exemplo... sinto que poderia ter sido melhor interpretada. Sei: os atores fizeram o que podiam. Mas aquele rei deles não foi rei o bastante, nem o assassino foi bastante assassino. Caros senhores, se eu pudesse interpretar o assassino! Por Hécate! Aquele assassino veria o que é um assassinato! Julgai por vós mesmos! (*representa*)

ROSENKRANTZ

    Monumental, Alteza!

GUILDENSTERN

    Magistralmente representada!

ROSENKRANTZ

    Dir-se-ia que... — por Deus! — que de fato já vistes o assassino esgueirando-se para sua ação hedionda.

HAMLET

    Não, Rosenkrantz, é uma coisa inata. De onde e para quê? Quem sabe? Pssst! Aproximai-vos mais! Hamlet...

GUILDENSTERN

    Sim, príncipe?...

HAMLET

    ... tem o seu segredo.

ROSENKRANTZ

    Ah, príncipe. Verdade?

HAMLET

    Um grande segredo! Não para cortesãos, mas para os ouvidos dos meus melhores amigos. Aproximai-vos!

GUILDENSTERN

    Sim, príncipe.

HAMLET

    Não, nada de príncipe!

GUILDENSTERN

    Não, Alteza.

HAMLET
  Hamlet apenas!

GUILDENSTERN
  Como desejardes, príncipe.

HAMLET
  Escutai, enfim, e guardai em segredo minha intenção, já de todo madura.

ROSENKRANTZ
  Qual, meu querido príncipe?

HAMLET
  Quero ser ator!

ROSENKRANTZ
  Deveras, príncipe?

HAMLET
  Está decidido, Rosenkrantz. Amanhã partirei mundo afora com essa trupe. Representarei, de cidade em cidade, essa peça sobre o assassinato do grande rei, e sobre o assassino que lhe usurpou o trono e o leito conjugal ainda quente. E sobre a rainha que, apenas um mês depois de enviuvar, faz amor no leito suado e ensebado com o assassino, covarde, desnaturado e ladrão, que roubara o império. Quanto mais penso nele, mais me atrai esse personagem... Poder representá-lo em toda a sua vileza, essa baixa e perversa criatura, serpente que infecta tudo o que toca com sua peçonha... Oh, que papel! Bastaria interpretá-lo diferentemente desse ator ambulante... Pois, por mais que se esforce, não é grande o bastante para tanta maldade. Pode até interpretar o rei bom, mas faltam-lhe qualidades para criar um canalha. Estraga o papel! Como eu o faria bem! Compenetrar-me-ia em sua alma

enviesada, arrancando-lhe até a última gota de toda a infâmia humana. Que papel!

GUILDENSTERN
   E que peça!

HAMLET
   A peça não está má...

ROSENKRANTZ
   Era magnífica!

HAMLET
   Caberia burilá-la mais um pouco, enfim... talvez ainda volte ao assunto... valeria a pena. Esse rei traidor, esse monstro vil, esse sujeito repugnante, muito me agrada. Querido Rosenkrantz, quero escrever um drama.

ROSENKRANTZ
   Isso é fantástico, príncipe!

HAMLET
   Hei de escrevê-lo, hei de escrevê-lo! Já tenho tantos temas! Minha primeira obra será a respeito desse rei canalha; a segunda, sobre os cortesãos rastejantes e servis...

ROSENKRANTZ
   Tremendo, príncipe!

HAMLET
   A terceira será uma comédia sobre um velho e tolo camarista do rei...

GUILDENSTERN
   Tema extraordinário!

HAMLET
A quarta será uma obra sobre uma donzela...

ROSENKRANTZ
E que gênero de peça?

HAMLET
Ora, uma peça...

GUILDENSTERN
Sobre um amor eterno?

ROSENKRANTZ
Pura poesia...

HAMLET
Hamlet escreverá. No trono estará um ser vil que ferirá as pessoas sem punhal, os cortesãos curvarão a espinha, e Hamlet escreverá. Haverá guerras, o fraco sofrerá mais; o forte, menos. E Hamlet escreverá. Não para rebelar-se e intentar algo...

GUILDENSTERN
E o que poderíeis intentar, príncipe?

HAMLET
Como posso saber? O que se pode fazer contra os maus governantes?

ROSENKRANTZ
Nada, príncipe.

HAMLET
Absolutamente nada?

GUILDENSTERN

Bem, na História às vezes surgem homens que se põem à testa do povo e, com a sua eloquência e exemplo, arrastam-no para a luta por destronar os maus governantes.

ROSENKRANTZ

Mas isso, príncipe, acontece apenas na História...

HAMLET

Sim, sim. Apenas na História. E dizeis que a eloquência pode arrastar o povo? A dor é muda. Mas há de chegar o dia em que alguém chame as coisas pelo nome. Vede, isto é opressão, e isto aqui, injustiça. Sobre vós todos pasta um criminoso vil, esse que se chama vosso rei, ladrão, trapaceiro, assassino e mulherengo, assim é, não? E quem dentre vós é ainda homem e suporta esta afronta? Por que não tomais a espada e a clava? Ou será que já estais castrados pela ignomínia? Sois escravos e por isso suportais viver sem honra...?

GUILDENSTERN

Sois eloquente, príncipe...

HAMLET

Ah, eloquente! Deveria acaso pôr-me à testa... como na História... com a minha eloquência dar voz ao povo?

ROSENKRANTZ

O povo, com certeza, tem seu príncipe em alta conta...

HAMLET

E à frente dele, levá-lo a derrubar o trono apodrecido.

GUILDENSTERN

Por favor, príncipe, isso já é política.

HAMLET

Que sensação especial... Ver-me diante de uma tarefa tão alta... Obrigado, senhores!

ROSENKRANTZ

Não queremos perturbar-vos, príncipe.

(*Rosenkrantz e Guildenstern saem*)

HAMLET

Ser ou não ser! Eis a questão! E ser o quê? Dos céus ser príncipe, verdade! Permanecer junto ao trono com um sorriso cortês e leal... E por que não sobre o trono? Não, lá está outro... E esperar que morra, que coagule, no sangue negro... É assim? Não! É melhor cravar o punhal no peito traidor, e vingar a morte de meu pai. Lavar a vergonha do leito de minha mãe! Por que ainda hesito? Sou acaso um covarde sem sangue nas veias? Não, não mesmo... Fixo os olhos em seu rosto vil, nesses lábios lascivos e em seus olhos esquivos, e sinto: já o apanhei, agora poderia criá-lo. E ensaio às escondidas o seu papel. E que papel! Ser artista, sim. Descobriria assim todo o vergonhoso e obscuro mal que dissimula com seu sorriso mordaz... Atrai-me... atrai-me... Mas só as altas--rodas reconheceriam seu rosto... Ninguém mais? Melhor desmascará-los para toda a eternidade e, com eles, a humanidade inteira, e toda a podridão em que está mergulhado o reino da Dinamarca. Que tarefa grata! Pois sou poeta, sim! Posso escrever, portanto, uma denúncia que perdurará séculos afora e, como um dedo que nunca seca, apontar essa chaga purulenta... Vede que eloquência! Não seria pena desperdiçá--la comigo tão somente? E se eu saísse à praça e chamasse o povo, e lhe falasse... falasse... Não são de barro! Uma voz eloquente deflagra neles purificadoras tormentas contra os tiranos. Atrai-me... atrai-me... Mas depois já não mais poderia ser interpretado. Uma pena! Que grande ator eu poderia ser! E, como ator, poderia então desatar tormentas que derrubassem tronos... Mas então não poderia escrever minhas outras peças... Uma pena! Que fazer? Diabos! Devo desmascará-los em cena, para toda a eternidade, ou pregá-los na porta como morcegos? Ou apeá-los do trono à frente do povo em fúria? Que fazer? E se quero apenas, digamos, imaginar minha sanha de vingança... Por que ser ator apenas para arrancar a máscara de suas fuças? Se quero representar, que seja porque tenho isto dentro de mim e porque devo fazê-lo. Devo criar personagens humanos, sejam bons ou miseráveis. Interpretá-los-ia melhor do que ninguém! Que papel! Ser apenas ator. Ou simplesmente escrever, não para vingar-me, mas para ter a alegria de ver as palavras nascerem das minhas mãos... E por que escrever somente? Por que não falar? Ser, em resumo, orador, guia do povo, e falar, falar, como quando o pássaro trina, linda e arrebatadoramente, e eu próprio poderia convencer-me e acreditaria nas coisas que digo... Assim é. Ser, por completo, nada. Esta é a palavra redentora! Ser ator! Ou escrever? Ou liderar o povo? Isto ou aquilo? Oh, inferno! Que hei de escolher? O que há de ser Hamlet? Quantas coisas conseguiria se eu fosse algo! Sim, mas o quê? Eis a questão!

(1934)

A confissão de Don Juan

A morte da infeliz Doña Elvira havia sido vingada; Don Juan Tenorio estava deitado na Posada de Las Reinas com o peito trespassado, expirando.
— Enfisema pulmonar — murmurou o médico local. — Há quem consiga recuperar-se disso, mas um *caballero* tão vivido como Don Juan... É difícil, Leporello; e devo confessar-te que não estou gostando nada do coração dele. Hmmm! Claro, é compreensível: com tantos excessos *in venere*... É um caso típico de astenia, senhores. Sabes, Leporello, por via das dúvidas, eu chamaria o padre. Pode ser que ele ainda recobre a consciência, embora, no estado atual da medicina... bem, não sei, não. *Caballeros*, sou um fiel servo de Vossas Senhorias...

Foi assim que padre Jacinto tomou lugar ao pé da cama de Don Juan, à espera de que o doente recobrasse a consciência. De vez em quando, rezava por aquela alma notoriamente pecadora. "Se eu pudesse, ao menos, salvar esse pecador dos infernos", pensava o bom padre; "parece que a hora dele chegou; talvez isso diminua sua soberba e desperte seu arrependimento. Não acontece a qualquer um ter às mãos um libertino tão famoso e irresponsável; com os diabos, talvez nem mesmo o bispo de Burgos tenha um caso tão raro. Quando as pessoas me virem, cochicharão admiradas: 'Olha, lá vai o padre Jacinto, aquele que salvou a alma de Don Juan...'."

O padre agitou-se. E fez o sinal da cruz; por um lado, para livrar-se daquela diabólica tentação de soberba; por ou-

Histórias apócrifas

tro, porque sentiu que se cravavam nele os olhos ardentes e zombadores do moribundo Don Juan.

— Querido filho — disse o respeitável padre tão amavelmente quanto pôde —, estás morrendo. Daqui a pouco, deverás prestar contas junto ao Tribunal Divino, carregando o peso de todos os pecados que cometeste durante tua vida sórdida. Suplico que, pelo amor de Nosso Senhor, te livres desses pecados enquanto ainda é tempo. Não é certo partires para o outro mundo vestindo a túnica de todos teus vícios, manchada com as maldades de teus atos terrenos.

— Sim — fez-se ouvir Don Juan. — Trocarei de roupa uma vez ainda. Padre, sempre atentei a vestir-me de acordo com as circunstâncias.

— Receio — disse o padre Jacinto — que não me compreendeste bem. Pergunto-te: queres confessar-te e arrepender-te dos teus pecados?

— Confessar-me... — repetiu debilmente Don Juan. — Denegrir-me todo?... Ah, padre! O senhor nem imagina que efeito isso tem sobre as mulheres!

— Juan — entristeceu-se o bom padre —, deixa essas coisas mundanas. Lembra-te de que irás falar ao Criador.

— Sim, eu sei — disse respeitoso Don Juan. — Sei também que é de bom-tom morrer como bom cristão. Sempre atentei ao bom-tom, sempre que pude, padre. Primeiro, porque sou fraco demais para grandes contendas e, segundo, porque meu método sempre foi ir direto ao ponto, pelo caminho mais curto e sem rodeios de espécie alguma.

— Tua intenção é louvável — concordou o padre Jacinto. — Antes de mais nada, querido filho, prepara-te bem, examina a tua consciência e procura despertar em ti um arrependimento profundo por todas as más ações. Ficarei à espera.

Então, Don Juan fechou os olhos e refrescou a memória, enquanto o padre Jacinto orava em voz baixa para que Deus o ajudasse e o iluminasse.

— Estou preparado, padre — disse Don Juan depois de algum tempo. E iniciou a confissão.

O padre Jacinto, satisfeito, inclinou a cabeça e ouviu. Parecia uma confissão sincera e completa. Não faltavam as mentiras, as maldições, os crimes, as juras em falso, o orgulho, o engano e a traição. De fato, Don Juan era um grande pecador. De repente, porém, calou-se, como se estivesse cansado, e fechou os olhos.

— Descansa, filho querido — animou-o o padre, paciente. — Logo mais, poderás prosseguir.

— Já acabei — disse Don Juan. — Se me esqueci de alguma coisa, certamente são minúcias que Deus haverá de perdoar-me.

— O quê? — bradou o padre Jacinto, indignado. — Que chamas de "minúcias"? Acaso a fornicação que praticaste a vida inteira, as mulheres que seduziste, as paixões sujas e indecorosas a que te entregaste? Confessa tudo com franqueza! Não tenhas pejo, filho, pois nenhuma das tuas vergonhosas ações se oculta a Deus. Mais vale que te arrependas da tua miséria e alivies tua alma pecadora.

Sinais de dor e impaciência afloraram no rosto de Don Juan.

— Já lhe disse, padre, que terminei — disse obstinado. — Palavra de honra: nada mais tenho a dizer-lhe!

Nesse momento, o taberneiro da Posada de las Reinas ouviu a gritaria frenética no quarto do doente.

— Louvado seja Deus! — disse, e fez o sinal da cruz. — Parece que o padre Jacinto está expulsando o diabo do corpo desgraçado do *señor*. Meu Deus, não gosto que coisas assim aconteçam em minha pousada.

Os gritos duraram muito, o tempo que se leva para cozinhar favas. Por momentos se abafavam como em discussão; por momentos, tornavam-se urros ensandecidos. Vermelho como um pimentão, o padre Jacinto saiu do quarto do doente e, invocando a Mãe de Deus, dirigiu-se à igreja. Depois, rei-

Histórias apócrifas 147

nou silêncio na pousada. Apenas o entristecido Leporello se esgueirou até o quarto de seu amo, que estava deitado de olhos fechados, gemendo.

* * *

À tarde, chegou ao lugar o padre Ildefonso, sacerdote jesuíta, que parou na paróquia para visitar o padre Jacinto, pois o dia estava quente demais. Era um padre magro, ressequido como uma linguiça velha, de sobrancelhas peludas como o sovaco de um velho soldado de cavalaria.

Depois de beberem juntos leite azedo, o jesuíta fitou o padre Jacinto, que tentava em vão disfarçar seu desassossego. O silêncio era tão profundo que o zumbido das moscas parecia um trinado.

— O caso é o seguinte — abriu-se por fim o infeliz padre Jacinto —: temos aqui um grande pecador que vive seus momentos derradeiros. É ele, padre Ildefonso, nada mais, nada menos que Don Juan Tenorio, de triste fama. Teve aqui uns amores, um duelo, e outras coisas que não sei... em resumo, fui confessá-lo. No começo, tudo corria muito bem. Confessava-se bem, devo reconhecer. Mas chegando ao sexto mandamento, não pude arrancar dele uma palavra sequer. Ele repetia, sem parar, que não tinha mais nada a dizer-me. Pela Mãe de Deus, que descarado! Considere que se trata do maior libertino de Castela, sem rivais tampouco em Valência ou Cádis... Dizem que nos últimos anos seduziu seiscentas e noventa e sete jovens; destas, cento e treze recolheram-se a um convento; umas cinquenta morreram nas mãos dos pais ou dos esposos, tomados de justa ira; e a dor partiu o coração de outras cinquenta. E agora, imagine o senhor, padre Ildefonso, um descarado desse quilate garante, no leito de morte, olhando-me nos olhos, que nada tem a confessar sobre a fornicação. Que me diz disso?

— Nada — respondeu o jesuíta. — E o senhor negou-lhe a absolvição?

— Mas claro! — respondeu o padre aflito. — Tudo o que lhe disse foi em vão. Procurei convencê-lo com palavras que comoveriam até as pedras... Mas com esse valdevinos de nada adiantaram... "Pequei por soberba, padre", dizia-me, "cometi perjúrio, tudo o que o senhor quiser... Mas quanto a isso que o senhor me pergunta, eu nada tenho a confessar." E o senhor sabe o que há por trás disso? Acredito, Don Ildefonso — disse o padre Jacinto, persignando-se rapidamente —, acredito que ele estava mancomunado com o demônio. Mas não consegui que o confessasse. Era uma magia suja. Seduzia as mulheres com um poder diabólico — agitou-se o padre Jacinto. — O senhor deveria vê-lo, *domine*. Eu diria que a maldade lhe transborda pelos olhos...

Don Ildefonso, sacerdote jesuíta, meditava em silêncio.

— Se o senhor insiste... — disse, finalmente —, irei ver esse homem.

* * *

Don Juan dormitava quando Don Ildefonso entrou no quarto em silêncio e, com um gesto, mandou Leporello sair. Em seguida sentou-se numa cadeira, à cabeceira do doente, e contemplou seu rosto pálido e agonizante.

Passou-se muito tempo até que o doente gemeu e abriu os olhos.

— Don Juan — disse o jesuíta, sossegadamente —, parece que o senhor se cansa ao falar.

Don Juan fez um débil gesto de assentimento.

— Não faz mal — prosseguiu o jesuíta. — Sua confissão, senhor Don Juan, não foi clara num ponto. Não lhe farei pergunta alguma, mas talvez o senhor mesmo possa dar-me a entender que concorda ou discorda daquilo que lhe direi... sobre sua própria vida.

Os olhos do ferido fixaram-se quase com angústia na face impassível do padre.

— Don Juan — começou Don Ildefonso, quase com suavidade —, não é de hoje que ouço falar a seu respeito. Já muito meditei sobre seu hábito de saltar de mulher em mulher, de amor em amor. Por que o senhor nunca conseguiu sossegar, deter-se nessa mansa plenitude que chamamos felicidade?

Don Juan arreganhou os dentes, num gesto de dor.

— De amor em amor — prosseguiu Don Ildefonso, com tranquilidade —, como se o senhor quisesse, repetidas vezes, convencer alguém, certamente a si próprio, de que era digno de ser adorado pelas mulheres, de que era um homem como aqueles que elas amam. Pobre Don Juan!

Os lábios do ferido se moveram... Parecia repetir as últimas palavras...

— Mas nesse tempo todo — prosseguiu o padre, amistoso —, o senhor nunca chegou a ser homem, Don Juan. Somente seu espírito era o de um homem, mas este se envergonhava e tentava desesperadamente ocultar que a natureza lhe negara o dom com que brinda toda criatura viva...

Um gemido infantil veio do leito.

— Por isso, Don Juan, o senhor brincou de ser homem. Desde bem moço, mostrou-se ousado e valente, aventureiro, orgulhoso e presumido, para vencer essa humilhante sensação de que havia outros melhores e mais homens do que o senhor. Mas era tudo faz de conta, e por isso o senhor seguiu peitando prova após prova. Nenhuma lhe bastaria, porque não passava de uma farsa estéril... O senhor nunca seduziu mulher alguma, Don Juan. O senhor nunca conheceu o amor; esforçava-se apenas, de maneira febril, para encantar toda mulher desejável e nobre com seu espírito, com seu cavalheirismo, com sua paixão, todos forjados por si mesmo. O senhor sabia perfeitamente disso, porque era puro teatro. E quando chegava aquele momento em que a mulher sente que vai desfalecer... devia ser um inferno para o senhor, Don Juan, um verdadeiro inferno! Porque nesse momento seu orgulho febril triunfava ao mesmo tempo em que sofria a mais terrível humilhação. E o senhor precisava safar-se dos braços que havia conquistado ao expor a própria vida, e precisava fugir, pobre Don Juan, dar adeus ao abraço da mulher vencida... E com alguma bela mentira nos lábios irresistíveis. Um inferno, não é, Don Juan?

    O ferido estava com o rosto voltado para a parede, e chorava.

    Dom Ildefonso levantou-se.

    — Pobrezinho — disse —, o senhor tinha vergonha de reconhecer isso tudo, até mesmo na santa confissão. Mas viu só? Já conseguimos sair do aperto. Só não posso privar o padre Jacinto de seu penitente.

    Mandou chamar o cura. Quando o padre Jacinto entrou, Don Ildefonso disse:

    — Veja, padre, ele confessou todos os pecados e caiu em prantos. Seu arrependimento, sem sombra de dúvida, é sincero. Creio que podemos absolvê-lo.

    (1932)

Romeu e Julieta

O jovem nobre inglês Oliver Mandeville, que se encontrava na Itália em viagem de estudos, recebeu, em Florença, a notícia de que seu pai, Sir William, tinha deixado este mundo. Com grande pesar e copiosas lágrimas, Sir Oliver despediu-se da *signorina* Magdalena, jurando voltar o mais breve possível. E depressa, acompanhado pelo criado, pôs-se a caminho de Gênova.

No terceiro dia de viagem, foi apanhado por um forte aguaceiro, justo quando iam chegando a uma espécie de refúgio. Sir Oliver parou o cavalo embaixo de um velho olmo.

— Paolo — disse ao criado —, vai ver se há por aqui algum albergue onde nos possamos refugiar até que a chuva cesse.

— Para o criado e o cavalo — ouviu-se uma voz acima de sua cabeça —, o *albergo* está logo ali; quanto ao senhor, *cavaliere*, muito honraria a minha paróquia refugiando-se sob meu humilde teto.

Sir Oliver levantou o largo chapéu e virou-se para uma janela, de onde lhe sorria um padre velho e gordo.

— *Vossignoria reverendissima* — disse respeitosamente — mostra grande amabilidade para com um estrangeiro que deixa vosso belo país pleno de gratidão por todo o bem com que foi tão prodigamente obsequiado.

— Bem, querido filho — disse o padre —, se continuar falando por mais um minuto, molhar-se-á da cabeça aos pés.

Sir Oliver teve uma surpresa ao ver o *molto reverendo* pároco vir ao seu encontro. Nunca vira um padre tão baixo.

Ao saudá-lo, teve de inclinar-se de tal modo que o sangue todo lhe desceu à cabeça.

— Deixe de vênias — disse o cura. — Sou apenas um franciscano, *cavaliere*. Chamam-me de padre Hipólito. Ei, Marietta, traz salame e vinho! Por aqui, senhor; a escuridão aqui é tremenda. O senhor é inglês? Logo se vê! Desde que se separaram da Santa Igreja Romana, aparecem na Itália aos magotes. Posso compreender, *cavaliere*, uma questão de nostalgia. Olha, Marietta, este senhor é inglês. Pobrezinho! Tão jovem, e já é inglês... Sirva-se deste salame, *cavaliere*, é do autêntico, de Verona. Garanto-lhe que, para acompanhar o vinho, não há nada igual ao salame de Verona. Os bolonheses que se atochem lá com sua mortadela! Prefira sempre o salame de Verona e as amêndoas salgadas, querido filho. Como? O senhor nunca esteve em Verona? Que pecado! Era de lá o divino Veronese. Também sou de Verona, cidade famosa, *signore*. Conhecida como a cidade de Escalígero. E o vinhozinho, está bom?

— *Grazie*, padre — murmurou Sir Oliver. — Em meu país, na Inglaterra, Verona é conhecida como a cidade de Julieta.

— Ora, não me diga! — estranhou o padre Hipólito. — Mas por quê? Nem sabia que em Verona havia uma duquesa chamada Julieta... A verdade é que faz quarenta anos que não vou lá. Mas que Julieta é essa?

— Julieta Capuleto — explicou Sir Oliver. — O senhor sabe, temos uma peça de teatro sobre ela, de um tal Shakespeare. Uma bela obra teatral! O senhor a conhece, padre?

— Não... Mas espere... Julieta Capuleto... Julieta Capuleto... — repetiu o padre Hipólito. — Eu deveria conhecê-la. Eu visitava os Capuleto com o padre Lorenzo.

— O senhor conheceu o padre Lorenzo? — suspirou Sir Oliver.

— Como não iria conhecer?! Eu era seu coroinha. Escute uma coisa: por acaso não é aquela Julieta que se casou com o conde Paris? Eu a conhecia, sim. Muito piedosa, uma senhora magnífica, essa condessa Julieta. Seu nome de solteira era Capuleto, daqueles que tinham um comércio de veludos.

— Não pode ser a mesma — declarou Sir Oliver. — A verdadeira Julieta morreu ainda bem moça, e do modo mais pungente que o senhor pode imaginar.

— Ah! — disse o *molto reverendo*. — Então deve ser outra. A Julieta que eu conhecia era casada com o conde Paris e teve oito filhos dele. Uma esposa exemplar e honrada, meu jovem. Que Deus lhe dê uma igual! É verdade que se murmurava dela que antes perdera a cabeça por um jovem libertino... Ah, *signore*... quem está livre de murmurações, não é? A juventude é irrefletida e estouvada. Mas não deixe de amar sua juventude, *cavaliere*. Aliás, os ingleses também têm juventude?

— Também temos, sim — suspirou Sir Oliver. — Ah, padre! Também nos queima o fogo do jovem Romeu!

— Romeu?! — disse o padre Hipólito e bebeu um gole. — Esse eu devo ter conhecido. Puxa vida! Não era aquele jovem *sciocco*, aquele janota, aquele malandro dos Montecchio? Aquele que feriu o conde Paris? Dizia-se que foi por causa da Julieta. Sim, sim. Julieta devia casar-se com o conde Paris... um bom partido, *signore*, aquele Paris era muito rico e jovem... mas Romeu meteu na cabeça que Julieta seria sua... Imagine que bobagem — gritou o padre. — Como se os ricos Capuleto pudessem casar uma filha sua com um Montecchio fracassado! Ainda por cima, os Montecchio eram partidários dos Mântua, enquanto os Capuleto estavam da parte do duque de Milão. Não, não. Acho que aquele *assalto assassinatico* contra o conde Paris foi um vulgar atentado político. Querido filho, a política está em tudo. Claro que, depois daquela história, Romeu teve de fugir para Mântua e nunca mais voltou.

— Isso é um equívoco — conseguiu afirmar Sir Oliver. — Perdoe-me, padre, mas a coisa não foi assim. Julieta ama-

va Romeu, mas os pais obrigaram-na a casar-se com o conde Paris.
— Sabiam o que estavam fazendo! — aprovou o velho pároco. — Romeu era um *ribaldo* e estava de parte dos Mântua.
— Mas antes do casamento com Paris, o padre Lorenzo deu a Julieta um pó qualquer para ela cair numa espécie de letargia — prosseguiu Sir Oliver.
— Que mentira! — disse bruscamente o padre Hipólito. — O padre Lorenzo nunca teria feito uma coisa dessas. A verdade é que Romeu atacou Paris na rua e fez-lhe alguns cortes. Talvez estivesse embriagado...
— Perdoe-me, reverendo padre, mas foi completamente diferente — protestou Sir Oliver. — A verdade é que enterraram Julieta, e Romeu atravessou Paris com a espada sobre o túmulo dela.
— Alto lá! — disse o pároco. — Primeiro, não foi sobre o túmulo de ninguém, e sim na viela perto do monumento a Escalígero; segundo, Romeu não o atravessou com a espada; fez-lhe um pequeno corte no ombro. Com os diabos, não é nada fácil atravessar alguém com a espada... Tente fazê-lo, meu jovem!
— *Scusi* — objetou Sir Oliver. — Mas assisti à peça no dia da estreia. O conde Paris foi ferido no duelo e morreu na hora. Romeu, acreditando que Julieta estava realmente morta, envenenou-se sobre o cadáver dela. Foi assim, padre.
— Nada disso! — grunhiu o padre Hipólito. — Envenenou-se coisa nenhuma! Fugiu para Mântua, meu amigo!
— Perdoe-me, padre — insistiu Oliver em seu ponto de vista. — Eu vi com meus próprios olhos. Estava sentado na primeira fileira! Naquele instante, Julieta despertou e, ao ver seu querido Romeu morto, também tomou do veneno e morreu ao lado dele.
— Quanta imaginação, hein?! — aborreceu-se o padre Hipólito. — Eu gostaria de saber quem foi que inventou es-

sas fofocas! A verdade é que Romeu fugiu para Mântua, e a pobrezinha da Julieta, magoada, envenenou-se um pouquinho. Mas não foi nada sério, *cavaliere*. Coisas de criança! Ela tinha apenas quinze aninhos! O padre Lorenzo foi quem me contou, meu jovem. Naquele tempo, eu era um *ragazzo* deste tamanhozinho — o bom padre mostrou não mais que um palmo de altura. — Logo levaram Julieta para a casa da tia, em Besenzana, para que se recuperasse. O conde Paris foi até lá visitá-la, com o braço na tipoia. E o senhor sabe o que costuma acontecer nesses casos! Nasceu um amor forte como um tronco. Passados três meses, casaram-se. *Ecco, signore*, é assim que acontece na vida. Eu estava no casamento dela, com meu hábito de coroinha.

Sir Oliver estava sentado, completamente abatido.

— Não se aborreça, padre — conseguiu dizer finalmente. — Mas em nossa peça de teatro, é mil vezes mais bonito.

O padre Hipólito bufou.

— Mais bonito!... Não consigo entender o que pode ver de tão bonito no suicídio de dois jovens! Um pecado, meu jovem. Pois eu lhe digo uma coisa: é muito mais bonito que Julieta tenha se casado e tido oito filhos. E que filhos, meu senhor! Como saídos de um quadro!

Oliver negou com a cabeça.

— Mas não é a mesma coisa, caro padre. O senhor não sabe o que é um grande amor.

O pequenino padre pestanejou, pensativo.

— Um grande amor? Na minha opinião, um grande amor é quando duas pessoas conseguem suportar-se durante a vida inteira... fiel e abnegadamente... Julieta foi uma esposa extraordinária, *signore*. Educou oito filhos e serviu ao marido até a morte. Quer dizer, então, que no seu país chamam Verona de "cidade de Julieta"? Muito bonito da sua parte, *cavaliere*. A senhora Julieta, de fato, era uma mulher magnífica. Que Deus a tenha em sua glória!

O jovem Oliver despertou de seu pasmo.

— E o que houve com Romeu?

— Romeu? Não sei ao certo... Ouvi falar alguma coisa, mas... Ah, sim! Lembrei... Apaixonou-se em Mântua pela filha de um marquês qualquer... como é que se chamava? Monfalcone, Montefalco, alguma coisa assim... Ah, *cavaliere*, isso sim foi o que o senhor chama de grande amor! Se não me engano ele a raptou, ou fez algo parecido... Uma história muito romântica, mas esqueci os detalhes. O senhor sabe, isso aconteceu em Mântua. Mas há de ter sido uma *passione senza esempio*,[14] uma paixão extraordinária. Pelo menos é o que diziam. *Ecco, signore*, parou de chover.

Sir Oliver levantou-se em toda sua perplexa estatura.

— O senhor foi muito gentil. *Thank you so much*. Posso permitir-me deixar algo para a sua... pobre paróquia? — murmurou ruborizado, pondo embaixo do prato um punhado de *zecchini*.[15]

— Ora, ora... — disse o espantado padre Hipólito, sacudindo as mãos. — Deixe disso, tanto dinheiro por um pouco de salame de Verona!

— Um tanto também pela história que o senhor me contou... — acrescentou o jovem Oliver. — Foi... foi muito... muito... nem sei como dizer. *Very much, indeed*.

O sol refletia-se na janela da paróquia.

(1932)

---

[14] "Paixão sem igual", em italiano. (N. da E.)

[15] Moeda de ouro veneziana. No início do século XVII, passou a ser cunhado o *zecchino* de prata, com valor de dez liras. (N. da E.)

O senhor Hynek Rab de Kufstejn

O senhor Janek Chval de Jankov mal conseguia recobrar-se da grande surpresa. Vejam só! O genro dele apareceu, assim, sem mais nem menos. E que genro! Avaliem vocês mesmos: perneiras alemãs, bigodes à húngara... enfim, um grande cavalheiro, não há como negar. O velho senhor Janek, ao lado do genro, ainda estava em mangas de camisa, arregaçadas, depois de ter ajudado uma vaca a parir. "Que belo presente", pensou o velho, perplexo. "Por que diabos será que ele veio?"

— Beba, senhor Hynek, beba um pouco — insistia o velho, calorosamente. — É só um vinho local; faz cinco anos que um judeu o trouxe de Litomerice. Em Praga, naturalmente, só se bebe vinho cipriota, não é?

— Bebemos toda espécie de vinho — respondeu o senhor Hynek. — Mas devo dizer-lhe, meu sogro, que não há nada como um bom vinhozinho tcheco! E uma cervejinha tcheca! As pessoas não têm a menor ideia das nossas coisas e vivem comprando essas porcarias estrangeiras. O senhor, por acaso, acha que do estrangeiro pode vir alguma coisa boa?

O velho balançou a cabeça.

— E os preços absurdos que eles cobram?!

— Mas isso é natural — disse o senhor Rab, entre dentes. — Vejamos, por exemplo, os impostos que pagamos. Sua Majestade real enche os bolsos, e nós é que pagamos! — O senhor Hynek pigarreava, nervoso. — O importante é que os cofres dele estejam cheios...

— Podiebrad?[16]
— Sim, aquele tampinha — concordou o senhor Hynek.
— Parece um dono de armazém. Belo reizinho o nosso, hein? É, mas ninguém perde por esperar, meu sogro. Devem acontecer mudanças, até por razões econômicas. Aqui em Jankov as coisas também andam mal?

O senhor Janek ficou sério.

— Sim, meu filho, muito mal, muito mal. As vacas estão morrendo, apesar de fumigarmos os estábulos. E nem o diabo sabe por que os cereais dos lavradores queimaram. Ano passado, foi o granizo... Maus tempos para os camponeses. Pense bem, senhor Hynek, eles nem sequer têm sementes para plantar; tive que compartilhar minhas sementes com eles...

— Compartilhar? — estarreceu-se o senhor Rab. — Meu sogro, eu não faria uma coisa dessas. Para que agradar aquela ralé? Quem não conseguir sobreviver, que morra. Que morra — repetiu o senhor Hynek com palavras duras. — Hoje em dia, meu sogro, é preciso ter pulso de ferro. Nada de esmolas nem ajuda! Senão acostumam. Tempos muito piores ainda estão por vir. Mais vale os mendigos se acostumarem a um pouco de miséria. Eles que comam cascas de árvores e coisas assim. Eu não daria coisa alguma a eles, mas diria simplesmente o seguinte: bando de mendigos, sem-vergonhas, vagabundos etc., pensais que não temos nada mais importante em que pensar além do vosso estômago? Hoje vós todos deveis estar preparados para sacrifícios terríveis. Devemos pensar na defesa do nosso reino, e mais nada. Diria assim mesmo, meu bom sogro. Vivemos tempos difíceis, e quem não está pronto para dar a vida pela pátria deve morrer. É isso. — O senhor Hynek tomou outro gole. — Enquanto eles forem capa-

---

[16] Jorge de Podiebrad (1420-1471), rei da Boêmia de 1458 a 1471, coroado após vencer as guerras da sucessão ao rei Alberto II, à frente da facção dos hussitas. (N. da E.)

zes de manter-se em pé, devem exercitar-se nas armas, e bico calado!

O velhote de Jankov arregalou os olhos postos no genro.

— Mas... mas... — gaguejava — não me diga que... Deus nos livre e guarde! Que teremos guerra!

O senhor Hynek sorriu.

— Claro que sim! É preciso haver guerra! Ou o senhor acha que teremos paz para sempre? Sim, meu senhor, quando há paz, sabe-se que alguma coisa está sendo preparada. Ora, por favor! — disse com desprezo. — Isso até o nosso rei sabe. O rei pacífico — riu-se o senhor Rab. — É óbvio que ele teme pelo trono. E para que o vejam deve pôr três almofadas embaixo do traseiro.

— Está falando de Podiebrad? — indagou confuso o senhor Janek.

— De quem mais? Meu sogro, temos um governante e tanto! Ele é todo paz! Cheio de missões e coisas parecidas. Claro, tudo significa dinheiro! Agora rastejou até o rei polaco, em Hlohovec, para firmar uma aliança contra os turcos. Viajar léguas e léguas para se encontrar com o rei polaco, faça-me o favor! E o senhor, que me diz?

— Bem... — balbuciou o senhor Janek, temeroso —, hoje em dia fala-se muito dos turcos.

— Besteira — protestou o senhor Hynek Rab, enérgico. — Desde quando um rei tcheco deve obediência a um rei polaco? Uma vergonha! — gritou o senhor Hynek. — Deveria ter esperado o rei polonês vir encontrá-lo! Veja a que ponto chegamos. O que diriam disso o finado rei Karel[17] ou o rei Zikmund?[18] Naquele tempo ainda tínhamos um pouco de

---

[17] Carlos IV de Luxemburgo (1316-1378), coroado rei da Boêmia em 1346 e imperador de Roma em 1355. (N. da E.)

[18] Sigismundo da Germânia (1368-1437), na grafia tcheca. Rei da Hungria desde 1387, acumulou os tronos da Germânia (1411), Boêmia (1419) e Lombardia (1431), até ser coroado imperador do Sacro Impé-

prestígio internacional... — O senhor Rab cuspiu. — Muito me admira que nós, tchecos, aceitemos tamanha humilhação. "Más notícias", pensou o senhor Janek Chval. "Mas afinal, por que será que ele está me contando tudo isso? Como se já não bastassem os meus problemas..."

— Ou isso, então — continuava a discursar o senhor Rab —: ele envia uma embaixada a Roma, para conseguir o reconhecimento do papa e sei lá mais o quê. Com um humilde pedido, entende? Diz que é em nome da paz entre as nações cristãs, e por aí afora. Já é demais! — O senhor Rab deu um tremendo murro na mesa e quase derrubou a taça. — O velho Zizka[19] deve estar se revirando no túmulo! Pelo amor de Deus, onde é que já se viu? Negociar com o papa? Foi para isso que nós, hussitas, derramamos nosso sangue? Para que ele nos vendesse a Roma, por uma sandália do papa?

"E por que todo esse espalhafato?", pensou o velho piscando distraído. "Onde foi que derramaste teu sangue, rapaz? Teu finado pai só veio ao país no tempo de Zikmund... É verdade que depois se casou em Praga... assinava Joachim Hanes Rab. Um homem direito, sem dúvida, conheci-o bem. Um alemão sensato."

— E ele ainda pensa — prosseguiu o senhor Hynek Rab — que está fazendo não sei que grande manobra política! Da outra vez, foi para a França que mandou seus palhaços, para falar com o rei dos franceses. Diz que quer juntar todos os príncipes cristãos numa espécie de câmara pan-europeia, ou coisa que o valha. Dizem que é para resolverem suas disputas em paz, e assim por diante. E para que possam lutar todos contra os turcos, vem com a história da paz eterna e outras besteiras do gênero. Diga-me, meu sogro: o senhor já ouviu tanta bobagem junta? Quem seria burro a ponto de

rio Romano-Germânico, em 1433. Foi sucedido por Alberto II, seu genro. (N. da E.)

[19] Apelido de Zikmund. (N. da E.)

resolver suas disputas em paz, quando podem ser resolvidas com a guerra? E ainda permitir que outro país meta o bedelho quando decide declarar guerra? Pois eu lhe digo: puras bobagens! O mundo inteiro está rindo disso. Agora calcule, meu sogro, o quanto essas inépcias comprometem nossa imagem no mundo! Parece que estamos com medo, pelo amor de Deus, medo de entrar em guerra...

— Bem, mas haverá guerra? — indagou o senhor Janek, preocupado. O senhor Hynek Rab de Kufstejn assentia com a cabeça.

— Pode apostar que sim! Olhe, meu sogro: estão contra nós os húngaros, os alemães, o papa e a Áustria. Que eles estejam contra nós, não é problema algum; só precisamos atacá-los antes que eles se unam. Começar a guerra já, e pronto. É assim que se faz! — declarou o senhor Rab e ajeitou o cabelo com gesto enérgico.

— Então é tempo de fazer preparativos — murmurou com gravidade o senhor Janek Chval. — É bom ter umas provisões.

O senhor Hynek Rab aproximou-se dele, confidente, por sobre a mesa.

— Eu teria um plano muito melhor: aliar-nos aos turcos e aos tártaros! Isso é que é política, não? Entregar a Polônia e a Alemanha aos tártaros; eles que destruam e queimem tudo. Melhor assim, entendeu? E presentear os turcos com a Hungria, a Áustria e o papa.

— Mas dizem que os turcos são piores que bichos — rosnou o velho.

— Pois é justamente disso que precisamos — assentiu o senhor Hynek. — Assim poríamos todos eles no eixo. Nada de rodeios e, como é que se diz, mesmo? Nada de sentimentos cristãos! É uma simples questão de poder. E a nossa nação, senhor sogro... Digo-lhe uma coisa: pela pátria, vale qualquer sacrifício; mas os outros têm de sacrificar-se, entende? Nada de sustentar vagabundos, como dizia o nosso Zizka. Nós contra todos, e assim por diante. Ah, se ainda tivéssemos aqueles patriotas de antigamente! Bastaria empunhar de novo nossos velhos porretes tchecos!

O senhor Janek Chval de Jankov balançava a cabeça. "Preciso me preparar", pensava. "Que será que vai acontecer? O velho senhor Rab era um homem inteligente, embora os alemães sejam um pouco broncos. Ele veio do Tirol. Quem sabe o Hynek herdou um pouco do seu juízo", pensou o velho. "Em Praga, as pessoas sabem de muitas coisas... O mais importante agora é secar forragem. Na guerra, sempre precisam de forragem."

O senhor Hynek Rab de Kufstejn bateu com a mão sobre a mesa, exaltado.

— Senhor sogro, viveremos para ver! À sua saúde! Ei, rapaz, traz essa jarra! Mais vinho! Não vês que meu copo está vazio? Ao sucesso dos nossos negócios!

— *Wohl bekomm's*[20] — respondeu o velho Janek, com respeito.

(1933)

---

[20] Literalmente "espero que goste", em alemão; saudação com que se acompanha o brinde. (N. da E.)

Napoleão

Mademoiselle Claire (da Comédie Française) mal respira. Sabe que o imperador às vezes fica assim, pensativo, e não gosta de ser incomodado. Além do mais, cá entre nós: falar do quê? Afinal, trata-se do Imperador, e é difícil ficar à vontade com ele, não? ("Antes de mais nada, é um estrangeiro", pensa Mademoiselle Claire; "*pas très Parisien.*") ("Assim, junto à lareira, até que parece bem atraente.") ("Claro, se não fosse tão atarracado...") ("*Là, là*, ele não tem pescoço; *c'est drôle.*") ("Pelo menos podia ser um pouco mais educado, sabem?")

O pesado relógio de mármore trabalha sobre a lareira. "Amanhã", pensa o imperador, "terei que receber os emissários das cidades. Uma chatice; mas que remédio? Decerto vêm reclamar dos impostos. Depois, virá o embaixador austríaco... com aquelas velhas histórias de sempre! Depois será a vez dos novos presidentes das cortes. Preciso ler, antes, onde cada um serviu; as pessoas gostam que a gente saiba algo a respeito delas." O imperador conta nos dedos. "Mais alguma coisa? Ah, sim! O conde Ventura, fofocar sobre o papa..." Napoleão reprime um bocejo. "Meu Deus, que chatice! Deveria mandar chamar aquele... como é que se chama? Aquele homem esperto que acabou de voltar da Inglaterra... Afinal, como é que o sujeito se chama, *porco cane*?! Ele é o meu melhor espião!"

— *Sacrebleu!* — grita o imperador. — Como é que o sujeito se chama?

Mademoiselle Claire senta-se, e permanece calada. "Tanto faz como é o nome dele", pensa o imperador. "Mas as notícias que ele me traz são excelentes. Um homem útil aquele... aquele... *maledetto*! Que tolice! A gente não se lembrar de um nome... E eu, que tenho boa memória para nomes!", admira-se o imperador. "Quantos milhares de nomes guardo na cabeça? Quantos soldados conheço pelo nome? Aposto meu pescoço como consigo me lembrar do nome dos meus colegas de turma na Escola de Cadetes, e até do nome dos meus amigos de infância. Espere um pouco! Era o Tonio, conhecido como Biglia, Francio aliás Riccintello, Tonio Zufolo, Mario Barbabietola, Luca conhecido como Peto (o imperador sorriu), Andrea conhecido como Puzzo ou Tirone. Lembro-me de todos, pelo nome", repete o imperador, "e agora, nada de eu... *tonnerre*!"

— Madame — diz o imperador, pensativo —, sua memória também é assim estranha? Posso me lembrar perfeitamente dos colegas de infância, mas não consigo descobrir o nome de um sujeito com que falei há um mês.

— Comigo é exatamente igual, *sire*. Estranho, não? — Mademoiselle Claire tenta recordar o nome de algum conhecido da infância; não consegue se lembrar de nenhum. Resgata apenas o do primeiro amante. Um certo Henry. Sim, seu nome era Henry.

— Estranho — resmunga o imperador fitando o fogo da lareira. — É como se tivesse cada um deles aqui na minha frente: Gamba, Zufolo, Briccone, Barbabietola, o pequeno Puzzo, Biglia, Mattaccio, Mazzasette, Beccaio, Ciondolone, Panciuto... Éramos uns doze, uma turma de rapazes levados, Madame. Chamavam-me de Polio, *il Capitano*.

— Que simpático — declara Mademoiselle Claire. — Era o capitão deles, *sire*?

— Claro que sim! — responde o imperador ainda envolto em seus pensamentos. — Capitão dos bandidos ou dos gendarmes, conforme as circunstâncias. Eu os chefiava, sabe?

Histórias apócrifas

Certa feita, mandei enforcar o Mattaccio, por desobediência. O velho guarda Zoppo foi quem cortou a corda, no último momento. Naquele tempo, governávamos de outro modo, Madame. Um capitão como eu era senhor absoluto dos homens... Tínhamos uma turma inimiga, chefiada por um tal Zani. Mais tarde, realmente tornou-se chefe de um bando, na Córsega. Mandei fuzilá-lo, faz três anos.

— Percebe-se — observa Mademoiselle Claire — que Sua Majestade já nasceu para ser um grande líder.

O imperador sacode a cabeça.

— A senhora pensa assim? Naquele tempo, como *Capitano*, sentia o meu poder de forma muito mais sólida. Governar, Madame, não é o mesmo que comandar. Comandar sem hesitar nem questionar, sem levar em conta as possíveis consequências... Madame, o melhor daquilo tudo era o fato de ser uma brincadeira, saber que era tudo apenas brincadeira...

Mademoiselle Claire adivinha que agora é melhor permanecer calada; um mérito seu a se reconhecer.

— Mas hoje, ainda hoje — prossegue o imperador, falando mais ou menos para si mesmo —, muitas vezes me lembro: Polio, é claro que tudo é uma brincadeira! Chamam-me de *sire*, chamam-me de Vossa Majestade, porque agora é esta a brincadeira. Os soldados em posição de sentido, os ministros e embaixadores que se curvam até o chão... tudo isso é uma brincadeira. E ninguém cutuca o seu vizinho, ninguém se põe a rir... Quando éramos crianças, também brincávamos assim, seriamente. Isso faz parte do jogo, Madame: fazer de conta que é tudo verdade...

O relógio de mármore bate as horas sobre a lareira. "O imperador é um homem singular", pensa Mademoiselle Claire, insegura.

— Talvez eles pisquem uns para os outros, por trás das portas — diz ele, absorto. — E talvez murmurem uns aos outros: esse Polio é um gozador; finge ser o imperador como nenhum outro; nem sequer mexe as sobrancelhas... não fosse uma brincadeira, juraria que isso tudo é a sério! — O imperador bufa como se risse sozinho. — Engraçado, não é, Madame? E eu fico observando todos eles para rir antes, se se cutucarem. Mas eles nem se mexem. Às vezes, tenho a impressão de que estão todos combinados, que querem me enganar. Sabe por quê? Para que eu possa acreditar que nada disso é uma brincadeira e para que, assim, eles possam rir de mim: Polio, Polio, agora te apanhamos! — O imperador ri para si. — Não, essa não! A mim eles não apanham! Eu sei o que eu sei...

"Polio", repete para si Mademoiselle Claire. "Se ele for delicado, vou chamá-lo assim. Polio. *Mon petit* Polio."

— Perdão? — indaga o imperador incisivo.

— Nada, *sire* — escusa-se Mademoiselle Claire.

— Tive a impressão de que a senhora disse alguma coisa. — O imperador inclina-se em direção ao fogo. — É estranho, ainda não o observei entre as mulheres, embora com os homens seja frequente. No fundo da alma, permanecem uns meninos. Realizam tantas coisas ao longo da vida porque, na verdade, continuam brincando. É por isso que fazem as coisas com uma concentração tão apaixonada, porque, afinal, é tudo um jogo. A senhora não acha? Afinal, alguém pode ser imperador a sério, pode? Eu sei que tudo não passa de comédia.

Silêncio.

— Não, não, não — resmunga o imperador. — Não acredite nisso. Às vezes não tenho certeza, sabe? Às vezes eu penso, assustado: "Afinal, continuo sendo o pequeno Polio, e tudo é um tremendo faz de conta? *Mon Dieu*, e se um dia descobrirem?!". Aí é que está, a gente nunca pode ter certeza... — O imperador levanta os olhos e fita Mademoiselle Claire. — É somente em relação às mulheres, Madame, somente no amor que se pode ter certeza de que... que... que não se é mais criança, porque então é possível saber que se é um homem, com os diabos! — O imperador levanta-se de um salto. — *Allons*, Madame!

Histórias apócrifas 167

De repente, mostra-se arrebatado e impetuoso.

— Oh, *sire* — suspira Mademoiselle Claire, lânguida —, *comme vous êtes grand!*

(1933)

Karel Čapek (1890-1938)

Sobre o autor

Karel Čapek (pronuncia-se Kárel Tchápek) é considerado o principal escritor tcheco da primeira metade do século XX. Sua projeção internacional deve-se sobretudo à peça *R.U.R.* (1920) e ao romance *A guerra das salamandras* (1936), mas sua importância e qualidade artística vão muito além dessas duas obras. Apesar da brevidade de sua vida, deixou um rico conjunto de romances, contos, peças teatrais, traduções, estudos filosóficos e artigos, destacando-se também como agitador cultural e ativista político.

Nascido em 9 de janeiro de 1890, em Malé Svatonovice, nordeste da Boêmia — à época, parte do Império Austro-Húngaro; hoje, da República Tcheca —, Čapek desde cedo manifestou pendor para as letras. Suas primeiras criações literárias conhecidas são alguns poemas publicados em 1904. Pouco depois, deu mostras da inclinação também precoce para a política: quando tinha quinze anos, descobriu-se que participava de uma sociedade secreta anarquista, sendo por isso obrigado a abandonar a escola que frequentava, em Hradec Králové, e a concluir o secundário em Brno e Praga.

Em 1909, iniciou seus estudos em Filosofia e Letras na Universidade Carlos, em Praga, intercalados com breves temporadas nas universidades Friedrich Wilhelm (Berlim) e Sorbonne (Paris), ao lado do irmão Josef. Nessas excursões, os Čapek tiveram contato direto com o futurismo e o cubismo. De volta à República Tcheca, passaram a trabalhar intensamente pela divulgação das vanguardas no país, participando, em 1911, da fundação da Sociedade de Pintores e Artistas, que editaria o periódico *Umelecky Mesícní* (Mensário de Arte). Nessa etapa de intensa colaboração, Karel e Josef publicaram uma série de obras que logo chamaram a atenção do meio literário por desafiarem os cânones formais vigentes. São desse período os contos que integrariam o livro *Krakonosova zahrada* (O jardim de Krakonos, 1918), divulgados inicialmente em revistas, entre 1908 e 1912; o volume, também de contos, *Zárivé hlubiny a jiné prózy* (Profundidades luminosas e outras histórias, 1916), além da primeira versão da peça *Loupezník* (O bandido), esboçada pela dupla em 1911, cujo texto definitivo, assinado só por Karel, sairia em livro em 1920, estreando nesse mesmo ano no Teatro Nacional de Praga.

Em 1915, Karel obteve o título de Mestre em Filosofia, com a dissertação "O método objetivo da Estética aplicado às Artes Plásticas". Dois anos mais tarde, publicou um importante volume de contos intitulado *Bozí muka* (Os calvários) e, pouco depois, o ensaio *Pragmatismus cili Filosofie praktického zivota* (Pragmatismo, ou Filosofia da vida prática), alimentando a esperança de seus professores numa promissora carreira acadêmica. Logo em seguida, porém, depois de alistar-se no exército para lutar na Grande Guerra e ser rejeitado por problemas de saúde, contrariou a expectativa de seus mestres ao abraçar decididamente o jornalismo, profissão que exerceria até o fim da vida.

Ainda durante a guerra, em 1917, começou a trabalhar para o *Národní Listy* (Jornal Nacional), colaboração que se interromperia em 1921, quando rompeu com o periódico por discordar de sua guinada para o nacionalismo conservador. Passa então para o liberal-democrata *Lidové Noviny* (O Jornal do Povo), no qual, ao longo de mais de vinte anos, publicará centenas de artigos, colunas e ensaios, tanto literários como políticos, tornando-se mais tarde seu editor. Sob a influência dessa prática, sua ficção foi gradualmente se afastando de certo exclusivismo vanguardista para tornar-se mais acessível e inteligível, com personagens mais atraentes e linguagem mais coloquial.

Também nesse período, dedicou-se à tradução de poetas modernos franceses, como Baudelaire e Apollinaire. A antologia desses textos, que só sairia completa após o fim da guerra, teve um impacto duradouro entre os artistas locais, influenciando fortemente alguns dos maiores poetas da vanguarda tcheca do pós-guerra, como Konstantin Biebl, Vítezlav Nezval e Jaroslav Seifert.

A partir de 1920, Čapek começa a obter fama mundial, principalmente como dramaturgo. É desse ano sua peça *R.U.R.* (*Ros-*

sum's Universal Robots), célebre por trazer o neologismo "robô" (de *robota*, "trabalho") — cuja invenção, no entanto, o autor sempre fez questão de creditar ao irmão — e inaugurar uma série de textos que, por suas semelhanças temáticas, integram um núcleo à parte. Nele se incluem os romances *Továrna na absolutno* (A fábrica do absoluto, 1922) e *Krakatit* (1924), bem como as peças *Vec Makropulos* (O dossiê Makropulos, 1922), *Ze zivota hmyzu* (O jogo dos insetos, 1921) e *Adam stvoritel* (Adão o Criador, 1922), as duas últimas em coautoria com Josef. Esses textos têm em comum uma temática centrada em catástrofes fantásticas que, sem cair no sensacionalismo, problematizam dilemas morais e éticos da humanidade, ao mesmo tempo que satirizam a história tcheca, o comunismo messiânico, a exploração e o consumismo capitalistas, o militarismo. Tal conjunto de criações faz de Čapek um precursor da ficção especulativa de caráter distópico, posteriormente desenvolvida por escritores como George Orwell, Aldous Huxley e Philip K. Dick.

Por essa mesma época, Čapek publicou uma série de livros de viagem, relatando experiências na Itália, Inglaterra e Espanha, mais tarde completada com um volume sobre a Holanda; dois volumes de contos policiais, muitos deles posteriormente adaptados para o cinema, e, já entrando nos anos 1930, um de contos de fadas.

Paralelamente, desde a criação da Tchecoslováquia, em 1921, Čapek desenvolveu intensa atividade pública no campo da cultura: entre 1921 e 1924, foi produtor e curador do teatro Vinohrady, em Praga; em 1925, colaborou na fundação do PEN Club tcheco, assumindo a primeira presidência local da instituição e representando o país em seu fórum mundial; em 1927, liderou uma comitiva de escritores em visita à França, que estabeleceram importantes contatos com a elite cultural e política. Além disso, Čapek abriu sua casa para o chamado "clube das sextas-feiras", espécie de tertúlia que reunia um grupo heterogêneo de artistas e intelectuais para a livre discussão e troca de experiências. O próprio presidente da República, Tomás G. Masaryk, participou desses encontros; do convívio e da amizade entre este e Čapek resultaram quatro livros de entrevistas e depoimentos, editados entre 1928 e 1935.

Na década de 1930, Čapek publicou três romances — *Hordubal* (1933), *Povetron* (Meteorito, 1934) e *Obycejny zivot* (Uma vida comum, 1934) — que formam uma trilogia sobre questões filosóficas e morais do homem contemporâneo, expondo a ambiguidade problemática do real por meio de uma narrativa com diversas camadas de significação. É dessa época também o volume *Apokryfy* (Apócrifos, 1932), coletânea de cinco textos breves, publicados no jornal *Lidové Noviny*, que recriam episódios e personagens bíblicos em tom paródico, por vezes cômico, porém com um fundo de sutil indagação filosófica.

Daí em diante, com a crescente ameaça da Alemanha hitlerista sobre a Tchecoslováquia, os escritos de Čapek passam a ser mais explícitos na defesa da democracia baseada nos princípios de igualitarismo, entendimento e respeito entre diferentes que haviam pautado toda sua obra anterior. Essa mudança é evidente em sua produção jornalística do período, como na série de ensaios em que conclama os intelectuais a assumirem o dever histórico de opor-se ao nazifascismo, mas também em suas criações literárias, que retomam os temas fantásticos, agora num tom de alerta sombrio. São dessa época o romance *Válka s mloky* (A guerra das salamandras, 1936) e os dramas *Bílá nemoc* (A praga branca, 1937) e *Matka* (A mãe, 1938).

No outono de 1938, o país sofre um duro golpe: a assinatura do tratado de Munique, que selou o endosso da França e Grã-Bretanha à anexação de parte do território tchecoslovaco pela Alemanha nazista. Abatido e com a saúde debilitada, poucos meses depois Karel Čapek contraiu uma pneumonia que lhe tiraria a vida. Morreu aos 48 anos, no dia de Natal.

Após a invasão alemã, em setembro de 1939, seu irmão Josef foi feito prisioneiro pelos nazistas e deportado a um campo de concentração, onde morreria em abril de 1945.

O conjunto de textos destas *Histórias apócrifas* (*Kniha apokryfů*) corresponde à edição póstuma de 1945, organizada por Miroslav Halík, que ampliou os *Apokryfy* de 1932. Edições posteriores a 1948, quando da ascensão dos comunistas ao poder da Tchecoslováquia, e anteriores à Revolução de Veludo, em 1989, omitiram o texto "A crucificação".

Sobre o tradutor

Vojislav Aleksandar Jovanovic é doutor em Semiótica e Linguística, professor de graduação e pós-graduação da Faculdade de Educação da Universidade de São Paulo, e ensaísta e tradutor de algumas línguas da Europa Centro-Oriental. É autor de *Descubra a lingüística* (1987) e *À sombra do quarto crescente* (1995).

Dentre outros livros, traduziu, do tcheco, *Histórias apócrifas* (1994), de Karel Čapek, e *Nem santos nem anjos*, de Ivan Klíma; do húngaro, *História da literatura universal do século XX* (1990), de Miklós Szabolcsi, e *A exposição das rosas* (1993), de István Örkény; do sérvio, *Paisagem pintada com chá* (1990), de Milorad Pávitch, e *Café Titanic* (2008), de Ivo Ándritch.

Organizou, prefaciou e traduziu as antologias *Literatura iugoslava contemporânea — Sérvia* (1987); *Osso a osso* (1989), de Vasko Popa; *Bosque da maldição* (2003), de Miodrag Pávlovitch, *Caracol estrelado: poesia sérvia contemporânea da segunda metade do século XX* (2008) e *Céu vazio: 63 poetas eslavos* (1996), com obras de poetas sérvios, eslovenos, croatas, tchecos e poloneses.

Este livro foi composto em Sabon, pela Bracher & Malta, com CTP da New Print e impressão da Graphium em papel Pólen Natural 80 g/m² da Cia. Suzano de Papel e Celulose para a Editora 34, em junho de 2023.